这一夜
碧溪潮生两岸

在1980年代写诗

李少君　符力　主编

天津出版传媒集团

百花文艺出版社

图书在版编目（ＣＩＰ）数据

这一夜碧溪潮生两岸：在 1980 年代写诗 / 李少君，符力主编 . -- 天津 : 百花文艺出版社 , 2024.5
ISBN 978-7-5306-8819-9

Ⅰ . ①这… Ⅱ . ①李… ②符… Ⅲ . ①诗集—中国—当代 Ⅳ . ① I227

中国国家版本馆 CIP 数据核字（2024）第 087835 号

这一夜碧溪潮生两岸：在 1980 年代写诗
ZHE YIYE BIXI CHAOSHENG LIANG'AN：ZAI 1980 NIANDAI XIESHI
李少君　符　力　主编

出 版 人 : 薛印胜
责任编辑 : 张　雪
装帧设计 : 鸿儒文轩 · 末末美书
出版发行 : 百花文艺出版社
地址 : 天津市和平区西康路 35 号　　邮编 : 300051
电话传真 : +86-22-23332651（发行部）
　　　　　+86-22-23332656（总编室）
　　　　　+86-22-23332478（邮购部）
网址 : http://www.baihuawenyi.com
印刷 : 三河市华东印刷有限公司
开本 : 880 毫米×1230 毫米　1/32
字数 : 270 千字
印张 : 12.75
版次 : 2024 年 5 月第 1 版
印次 : 2024 年 5 月第 1 次印刷
定价 : 88.00 元

目录

海男的诗

韩国强的诗

贺中的诗

胡弦的诗

敬文东的诗

康伟的诗

张子选的诗

阿毛的诗

阿毛，1967 年生于湖北仙桃。武汉市文联专业作家、一级作家。主要作品有诗集《我的时光俪歌》《变奏》《阿毛诗选》（汉英对照），散文集《影像的火车》《石头的激情》《苹果的法则》，中短篇小说集《杯上的苹果》，长篇小说《谁带我回家》《在爱中永生》，及阿毛文集四卷本（阿毛诗选《玻璃器皿》《看这里》、阿毛散文选《风在镜中》、阿毛中短篇小说选《女人像波浪》）等。作品入选多种文集、年鉴及读本。曾获华文青年诗人奖、中国 2009 年最佳爱情诗奖、屈原文艺奖、中国诗歌网 2018 "年度十佳诗集奖"、2019 年度十佳华语诗人等多项诗歌奖。部分作品被译介到国外。

波斯猫

邻居家的波斯猫在楼梯扶手上坐着，
两只眼睛望着我，
两只眼睛——
冰蓝，或者宝石蓝，或者孔雀蓝，
或者变幻成色谱中找不到的一种绿。

这些被我从衣服上爱到诗歌里的颜色，
在别人家的猫眼里。
"喵——喵——"
两粒可爱的钻石陈列在橱窗里……

我并不曾俯身，摘取，或者购买，
但它的利爪抓了我的坤包，
还要来抓我的脸和头发。

正是优雅，或一脸的道德感，
使我们疏于防范。

一代人的集体转向

以前
爱一个人
可以放下尊严，为他去死；

以前
可以倾尽世间的白雪
仅为他成为最英俊的王子；

以前
可以铺张一千零一吨白纸
写满黑字，仅为他住在那里……

现在，我们只想：
好好爱自己、爱亲人
茶余饭后再爱一下全人类

春天的信使

白的、紫的玉兰
举着火炬

他在花下瑟瑟抖动
口中念念有词——

"春天已经出生了
我要换上新装，扮成开花的树叶。"

邮局忙着寄送包裹
但无人收到世界的手迹

脑电图紊乱
垂钓的人心如止水，不生涟漪

羊群转场

羊群在草原上转场
仿佛扑面而来的滚滚红尘

滚滚而去——

我呆立一旁
遇见前世回望我的眼神

惊慌而深情——

远处雪山眺望
身边薄雾

我希望有只羊
慢下来，留下来

从此，把我怀抱
当作它余生的牧场

光阴论

16 岁的儿子
在纸上写下光阴论

我低头看掌纹
抬手摸皱纹

我想他那么年轻
我则在老去

望一眼窗外
槐花都发白

我多想再有个女儿
穿我还未穿过的衣

爱我来不及爱的人
因为他，我甚至

爱这个世界的苍凉
和尖锐

每个人都有一座博物馆

左边的青丝，右边的白发
和中间的石子

你的室内有勾践、编钟
刀剑、针具、苦脸和蜜

有沙漏、竹简、羊皮卷
指南针和火药

你的胸中有酒樽、马匹
块垒、日月、山川和灰

有心脏和白色骷髅

有蝴蝶标本和黑暗居室

伪和平的射灯照着
啃过疆域、咬过界石的

牙齿

国家地理

由北而南，一路看尽

北极村冰花、北京月季
乌鲁木齐和拉萨的玫瑰
上海玉兰
武汉梅花、广州木棉
福州迎春花

台北杜鹃花
香港紫荆花、澳门荷花

粉紫地丁开遍南沙
五湖四海的浪花溅湿我的头发

现在，我在一个界碑处

看到我衣服上的印花牡丹
忽然悲伤

这一代的风雪归人

冬天的常规装备是
以棉衣配皮靴

相反的那一类
冷得抖音

把南方低沉的民谣
高歌成西北的摇滚

黑白格的坤包
模仿彩色爆破音

人潮拥挤的地铁口
刷着微信、投着叮当的镍币

为了一年四季穿薄装
她去了南方

年关时，在漫天飞雪中

顶着棉被厚的羽绒服回乡

存在论

听到门钥的声音
就是拿错了剧本

做一个这样的人：
抚摸那些高于稻谷的稗草
也安慰那些
低于麦穗的杂物

做一个躬耕的人：
写粗糙的诗
安慰粗糙之物

孤独的时候
划火柴
点亮萤火虫的
飞行区

这人世
我存在
有着

自己
微弱而坚定的声音
渺小而坚毅的身影

傍晚的空中花园

露台上
固定木地板的白色铁钉
和绿毯上的蓝色婆婆纳
眨过银河系的眼睛
闪烁白色弧光

这里有风
无口罩
有自由的弹跳与奔跑

当夕阳撞色于铁锈红的长亭
换身为月亮

书写编年体
档案诗

燃烧你的概念、火炬——

列队的青石板排向主题先行的玉兰：
紫的、白的
双生于彼岸
微信发出的生日金
落入八卦阵
收于高山流水的太极招式里

白鹤亮翅，或者飞天
悬崖临渊，或者无限眷恋

阿信的诗

阿信，1964年生，甘肃临洮人。著有《阿信的诗》《草地诗篇》《那些年，在桑多河边》《惊喜记》《裸原》等多部诗集。曾获徐志摩诗歌奖、昌耀诗歌奖、陈子昂年度诗人奖、十二背后·梅尔诗歌奖年度诗人奖、屈原诗歌奖、陆游诗歌奖等。作品被译介为英、法、韩等多国文字。现居甘南藏族自治州合作市。

小草

有一种独白来自遍布大地的忧伤。
只有伟大的心灵才能聆听其灼热的绝唱。
我是在一次漫游中被这生命的语言紧紧攫住。

先是风，然后是让人突感心悸
四顾茫然的歌吟：
"荣也寂寂，
枯也寂寂。"

鸿雁

南迁途中，必经秋草枯黄的草原。
长距离飞翔之后，需要一片破败苇丛，或夜间
尚遗余温的沙滩。一共是六只，或七只，其中一只
带伤，塌着翅膀。灰褐色的翅羽和白色覆羽
沾着西伯利亚的风霜……
月下的尕海湖薄雾笼罩，远离俗世，拒绝窥视。
我只是梦见了它们：这些
来自普希金和彼得大帝故乡
尊贵而暗自神伤的客人。

速度

在天水，我遇到一群写作者——
"写作就是手指在键盘上敲打的速度。"
在北京，我遇见更多。

遥远的新疆，与众不同的一个：
"我愿我缓慢、迟疑、笨拙，像一个
真正的生手……在一个加速度的时代里。"

而我久居甘南，对写作怀着越来越深的恐惧——
"我担心会让那些神灵感到不安，
它们就藏在每一个词的后面。"

雪山谣

雪山啊，
只有在仰望你时，那被沉重奶桶
压向大地的佝偻的身影
才能重新挺直。

雪

静听世界的雪，它来自我们
无法测度的苍穹。天色转暗，一行诗
写到一半；牧羊人和他的羊群
正从山坡走下，穿过棘丛、湿地，暴露在
一片乱石滩上。雪是宇宙的修辞，我们
在其间寻找路径回家，山野蒙受恩宠。
在开阔的河滩上，石头和羊
都在缓缓移动，或者说只有上帝视角
才能看清楚这一切。
牧羊人，一个黑色、突兀的词，
镶嵌在苍茫风雪之中。

那些年，在桑多河边

下雪的时候，我多半
是在家中，读小说、写诗，或者
给远方回信：
雪，扑向灯笼，扑向窗户玻璃，
扑向墙角堆放的过冬的煤块。
意犹未尽，再补上一句：雪，扑向郊外

一座年久失修的木桥。
在我身后，炉火上的铝壶
噗噗冒着热气。

但有一次，我从镇上喝酒回来，
经过桑多河上的木桥。猛一抬头，
看见自己的家——
河滩上
一座孤零零的小屋，
正被四面八方的雪包围、扑打……

河曲马场

仅仅二十年，那些
林间的马，河边的马，雨水中
脊背发光的马，与幼驹一起
在逆光中静静啮食时间的马，
三五成群，长鬃垂向暮晚和
河风的马，远雷一样
从天边滚过的马……一匹
也看不见了。
有人说，马在这个时代是彻底没用了，
连牧人都不愿再牧养它们。
而我在想：人不需要的，也许

神还需要！
在天空，在高高的云端，
我看见它们在那里。我可以
把它们
一匹匹牵出来。

在尘世

在赶往医院的街口，遇见红灯——
车辆缓缓驶过，两边长到望不见头。
我扯住方寸已乱的妻子，说：
不急。初冬的空气中，
几枚黄金般的银杏叶，从枝头
飘坠地面，落在脚边。我拥着妻子
颤抖的肩，看车流无声、缓缓地经过。
我一遍遍对妻子，也对自己
说：不急。不急。
我们不急。
我们身在尘世，像两粒相互依靠的尘埃，
静静等着和忍着。

雨季

　　——给人邻

说定了，陪你去玛曲对面的唐克。
看亚洲最美的草原，看雨后河曲
壮丽的日出……
我闲居已久，懒于出门，心中长满蘑菇。
我们搭伴去唐克，是第一次。也可能
是最后一次。
雨季如此漫长，草原上的小路泥泞不堪，
我去屋后林中
砍两根顺手的木杖，趁着晨雾未散。

陇南登山记

与变动不居的人世相较，眼前的翠峰青嶂
应该算是恒常了吧？

这么多年了，一直守在那里，没有移动。
山间林木，既未见其减损，亦未见其增加。
涧水泠泠，溪流茫茫。
山道上，时见野花，偶遇山羊，面目依稀。

这一次，我在中途就放弃了。
我努力了。但认识自己的局限同样需要勇气。
我在青苔半覆的石头上坐下，向脚面撩水，
一种冷冽，来自峰顶的积雪。

蒙古马

我读过《蒙古秘史》，但不懂骑射。
我没有追随过哲别、木华黎、拖雷和旭烈兀，
也没到过欧洲和阿拉伯……我只在
库布其沙漠边缘，见过几匹
供游客骑乘、拍照的蒙古马——
落日西垂，人世半凉，景区开始清场
那几匹马，神情落寞，令人悲伤！

晨雾

天空正在形成，距离被一群灰鸽穿过
只是时间问题。地平线那里
不断有新东西被制造出来，石头在晨雾中塑形。

水确实很凉。她在溪边破冰、舀水，睫毛

带霜——我想走过去，俯身安慰她，并帮她
把满满一桶冰水提回林子边的小屋中去。

裸原

一股强大的风刮过裸原。
大河驮载浮冰，滞缓流动。

骑着马，
和贡布、丹增兄弟，沿高高的河岸行进
我们的睫毛和髭须上结着冰花。

谁在前途？谁在等我们，熬好了黑茶？
谁把我们拖进一张画布？

黑马涂炭，红马披霞，栗色夹杂着雪花。
我们的皮袍兜满风，腰带束紧。

人和马不出声，顶着风，在僵硬的裸原行进。

谁在前途等我们，熬好了黑茶？
谁带来亡者口信，把我们拖入命运，
与大河逆行？

草树的诗

草树，本名唐举梁，1985 年毕业于湘潭大学。有大量作品在《诗刊》《人民文学》《星星》《今天文学》《十月》等刊物发表。2012 年获第二十届柔刚诗歌奖提名奖，2013 年获首届国际华文诗歌奖、当代新现实主义诗歌奖。2019 年获第五届栗山诗会年度批评家奖。2023 年获首届李叔同国际诗歌奖提名奖、第九届后天双年度文化艺术奖批评奖。参加《诗刊》社第十二届青春回眸诗会。著有《马王堆的重构》《长寿碑》《淤泥之子》等诗集五种和诗学随笔集《文明守夜人》等两部。现为湖南省诗歌学会副会长、湖南师范大学文学院兼职教授。

怀乡病

怀乡病是你给的
不是你，我如何会在夜晚的街边喝酒
热闹丛生寂寞，一棵水杉
在遥远的月光下战栗

是的，就是你给的
十个指头都在酒里醒来，兴奋不已
仿佛刚刚从鸟窝里掏出
一只怯生生的小生灵

河滩宽阔，芦苇摇荡
那时我在卵石上行走，两手张开，牵着风
怀揣一枚水汪汪的月亮

在我不能到达的地方，一群白鹭落下
我不能说我的怀乡病。而他们
坐在春凳右侧，谈论死亡

自行车修理行

今天把汽车停车库
挽着我的手，爱人，我们步行去上街
我们去一条回忆的街道

那里有一个小小的修理行
修车师傅的老婆在后面房间切菜
孩子扑在塑料凳上写字
几粒汗珠。油污下巴。涂鸦的脸闪光
一辆自行车到他手里翻了身，轮子转动
曾经也有我的。粉红的内胎
在盆里鼓泡。（我们如何寻找生活的沙眼？
一枚钉子扎入，都觉不到疼）
他一把刷子在手，梭子一样往返
沙沙沙。伤口鲜艳，强力胶粘上补丁
又一次饱满、坚韧

自行车早已远去。店铺门口
师傅似乎正起身用衣袖
擦他被蚊子叮了的脸颊。更远是
一片蔚蓝，天空泊着几片云影

搬家

长沙发下露出
一把梳子。它因失去乌发里的泅泳
而枯萎。灰尘
覆盖着时间

从平房到楼房
我搬动自己
搬离许多事物：梧桐树，晾衣绳
隔窗的鸟鸣，台灯的橘黄
不再和记忆对照的
旧书

阳台上的茉莉
睡梦中的吻
在黑暗路上踢破脚趾强忍的泪水
为一只小白兔写下的
悼亡日记

新人的笑
新生儿的啼哭
雨水之后，一场简单的葬仪

留下院坝的空旷
苦楝树上一轮明月孤悬

电梯没有送我
到达想象的高度
月亮看上去更遥远
草树恍如虚构
进火的请帖请来许多面孔
请不回我自己

一个码头建成
更多的码头沦为
雾中的遗址

绞肉机

妻子在厨房做肉丸子
早上七点钟的阳光
照亮她的刘海和睫毛
额头上沁出汗珠微微闪光

市场上绞肉机的嗡鸣远去
那些经过绞肉机的人们
他们不感觉痛，只是慢慢

发现自身的破碎

比如胆，小到如碎末
比如骨架里再也找不出
一根完整独立的骨头
脸上微笑泛着肉末的油光

借一只妻子或母亲的手
我们捏，捏，或许可以捏出
一个小小的宇宙：它们内部
苦味的大地上空重现鲜美的繁星

墨线

他摇动墨斗的把手
随着吱吱的叫声
带锥子的墨线
像小鸭子跟随呼唤声
归了黑黑的小巢

那时他正值青春年华
直起身，仿佛松了口气
而我更年少，盯着墨线绷直
在他的手指勾起、放开的刹那

木头上出现一条溅满墨点的直线

他荒废了少年手艺
世事如墨点，独少那一条
精准的直线。而我在键盘上消耗时光
噼噼啪啪如飞溅的墨洒落
无非在找寻岁月里墨线的印记

没有它，锯子的密齿会咬向何处

水葫芦

一兜碧绿的水葫芦
某天在水面衍生出第二兜
我蹲水边，摸了又摸
像摸婴儿的脸

渐渐胀大的肚子
娇嫩不可名状
或许是它最早给我的手指
上了一堂"爱与抚摸"的课

当一池水葫芦在雨中
晃动着叶片就像一群孩子

从水底下一齐将头冒出水面
我学会一个词还不懂说出"怜惜"

一兜被扯起。一兜又一兜跟着出水
根连着根，前赴后继
那时奶奶在里屋昼夜呻吟
我指甲刻进门框，弟弟紧抓我另一只手

悼一棵苦楝

新屋山墙外，长着一片小树林
　一堆人坐在旁边乘凉
夏日的太阳落向西山
月亮正升起

这片小树林有桂花、柚子树、桃树
有紫荆、香樟、橘子树
橘生淮南为橘，这里谁知道
他们说桂花四季常青
紫荆和桃树春天开花好看
香樟虽落叶但挡西晒

一棵伴随几代人的苦楝
他们说没用了，不结果，还落叶

过去可以做水车叶子
如今毫无用处且带着一个"苦"字
电锯响起。苦楝倒地
一把斧头砰砰砰将它肢解
满地碎绿和瓷白

我爱苦楝细花的淡紫
绿叶的修长，叶脉的明晰
我也喜欢它的树皮斑驳嶙峋
有一种深厚的年代感
当它被灭绝我只是听着它被倒拖走
在大地上擦出最后一阵簌簌声

沉河的诗

沉河，本名何性松，1967 年出生于湖北潜江。1988 年开始发表诗歌散文作品。曾出版诗集《碧玉》、散文集《在细草间》《不知集》等。系长江诗歌出版中心创办人兼负责人。曾统筹出版《中国新诗百年大典》，策划出版"中国二十一世纪诗丛"、中国新诗季度选本《诗收获》等。

无知的孩子

难忘那无知的孩子，坐在屋顶下
守护空旷而漆黑的家，低矮的茅草房子
是在天空下，空旷而漆黑的天，他和它无言无语
四周是生长在地上的低矮的茅草房子
与此相比更小的人
无论是在更深处或更远处
无知的孩子无言无语，坐在漆黑的地方
熠熠闪光，他是坐在天空下，缓缓生长
无论是在更深处或更远处，他都明白
走过一株小树，遍野无尽庄稼
他因此绝不离开，坐在屋顶下

1989.5.8

现实主义

1

一个人在走，一个人在说话。
言语的力量开始进行。在现实的一切都没有形成之时，

言语走到了

想象的边缘。

一个人在走，一个人在说话。

行走的人改造着世界，言语的人创造。

最终一个人在世界里走，一个人在语言里说话。

走者走向何处？言者触摸何处？

为什么走？为什么说话？

现实主义的问题是过去和将来的问题，人不是现实的人

鸟不是飞行的鸟

人是诗中的人，鸟是画中的鸟。

语言就是颜色，说话就是行动。

一个人就是现实主义，在走，

在说话。

2

无论如何，对于最后的一点必须留神

对于死必须把握

我们生存或进行的一切，我们观察着这一切

而功败垂成，胜利在唯一的漫不经心之外

尖尖的小女孩的声音，她们带给世界的是摇篮的摇动

成熟的动人的男音，挥舞着躯体与爱

让你们音乐都进入到我们语言之中

我深情地说，"我毁灭，我毁灭，我毁灭。"

我得到了音乐与诞生。我把握了必须把握的，失去了必
　　须失去的
石头与花
语言最终逼迫我到了尽头

3

黑暗中一事无成。
在一所房间里发现集体。睁大眼睛
就是痛苦的阶梯。
穷人有穷人的标准，富人有漂亮的女人。
躯体比花鲜嫩。蝴蝶在世界的头顶。

我身体内的石子重新安静，酿造着蜜。
蜜月里沉醉，苦水里醒来。
睁大眼睛开始爬行，
相爱无所不在。

我体内的石子重新安静，毫无余地，没有途径，仿佛我
　　们充满感应。
丑陋的人在高处宣扬，美丽者在暗中忧伤。
谁把目光投向我的手？把嘴唇迎向我的脸？谁理解我们
　　沉默的躁动？
谁敞开了心灵？

4

粮食精炼。有如子弹。
穿过了我的骨，改变了我的颜色
玉米、高粱、小麦、黍。今人为古人。
在同一种概念下生存，同一种内涵。
粮食精炼。
在大地埋葬，粮食发芽了。

我不断萎缩，房子越建越多
石子和沙改变我的环境。
我在墙壁上书写自然
我在墙壁上种花。

粮食生长起来，高不过我的头。
比我的手臂细小。
今日我的女人花枝
招展，光华灿烂。
今日之开始总是漫长而幸福。
老人撒网打鱼，他丢弃了一生。
他收获了鱼。
鱼是他一生的粮食。

5

需要光，为我照明。

需要水，洗涤我的内衣。
气在我栖息之地流淌，回忆进入心间。
女人，我苍白的血液，筵席的余羹。

大门敞开，道路曲折。
我在世界上最小的房间写诗。
柔弱是纸，坚强为笔，光滑的文字。
生命的危险就在一个夜晚的背后。
也许在另一些夜晚的背后窃窃私语。

她穿着火红的拖鞋而来
阳光灿烂，大水明媚，体息幽香
一去再不复返

我参禅一般参不透沉淀在房间里
她的叠影

6

存在着悠久的事物，推动细小的生命。
阳光如刺，贯穿着短暂者一生。
进入大海之中，触摸着沉重而柔软的
历史，死亡凝聚着力量沉默地运行。

底部的爱，光上的欢乐。
结束的一切意味深长。波澜和波澜。

具体而纤微。痛苦深深掩藏。

回归的大海，一个人潜夜而出。
以灵魂相爱。落叶纷披，月光潇洒。
永生的死者，不朽的物品。在空中造塔。
而我以身为桥，连接两岸
爱情如流水，生命被婉拒
难分难解的波澜和波澜

1990.3.26

竹篮打水

多少年来，晚霞美如红尘时
我拿着师父珍惜的小竹篮打水
浇给河边孤单的苹果树
树是师父栽种的，竹篮是
一位女施主留下的
多少年来，平静的河水
看着我光滑的下巴长满了胡须
然后一阵涟漪，也有了苍老的面容
我遵循师父的教导用竹篮打水
每天体会一次什么是空
苹果树也从一粒种子长大

今年春天开了第一次花，可师父
已沧桑如泥。他最后的叮嘱是
用竹篮打点水来，他要洗洗身子

最后一次，我用竹篮打水
看着这闪耀光亮的竹器，突然
发现了它的干净：每一次打水
它只是清洗了一次自身
我提着空而干净的竹篮
到含笑远去的师父前
深深地深深地鞠了一躬

2020.4

乡村年夜

每盏灯有着一屋的局限
田野里一片漆黑，直到第二天
天明。爆竹声驱散了虚无
归乡之人聊以追忆逝水光阴
越安静越热闹，似乎总想
停止什么，抓住什么
似乎道路并没有扩宽，屋子
并没有增高，屋后的小河

依然清亮，有着刹那的反光
越相聚越孤独，越想起越遗忘
黑暗中没有方向，熟悉的布局中
迷失了自己。一切还在开始
一切都在等待结束。只有野狗们
受到惊吓，互相吓唬。
旧年过去了。明天是新年
祖宗的坟上青烟升起。祖宗们
依然谨守着世间的规矩

2023.1.23

锔碗

您都已经三次了，这次怕难得
锔了。师傅拿着那只破碗左右察看
好在松菊犹存，梅花也在
破损得恰到好处，裂线从空白中
直直地穿过。感觉正好可以
焗一根竹子。难度太大。钻孔
得靠紧裂口，还密密麻麻
师傅再问：有必要吗？这也就
一只平常人家常见的碗而已
有必要一锔再锔？他漠然地

回答：习惯了它吃饭，舍不得扔掉

您就再帮帮忙，多少钱都行

师傅重拾起收藏已久的工具

戴上锈边的老花镜开始忙活

金刚钻刺耳的声音惊起了院子外

一棵老树上的斑鸠。它咕的一声

飞起。他看着鸟飞走的方向

想象着那根无形的线路，很自由

你去外转转再来吧，一时半会儿

完不了。师傅说。他没有应声

也一动不动。他把自己又想象成

那只摔了四次、锔了三次的破碗

他忍受着一阵阵钻心的痛

这次应该是最后一次了。碗也

无处可锔了。他并没有用这只碗

盛饭，他只是用它喝水。就像

小时候用它从水缸里舀从河里

挑上来澄在缸里的水喝一样

真的是一个坏习惯：笨重、粗大的

碗并不适合盛水喝。第一次摔破

就是不习惯端大半碗开水。第二次

是听到广播里传来一个噩耗

第三次是住上了内有楼梯的房子

这一次是他自己扔掉摔的

好了，还很好看的，不收你钱了

我也不需要钱了。师傅递过来
镉好的碗。竹竿金色，竹叶银色
竹节黑色。他狠狠地盯着
好像要把它们印在眼瞳里
送给您了。他把碗递到师傅手里
转身出门，很快把自己消失
在暮色中。天越来越冷了。

2023.2.4

陈均的诗

陈均，1974 年生，湖北嘉鱼人，现任教于北京大学艺术学院。出版有专著《以"古"为新：时代激流中的诗学、戏曲与文化》《中国新诗批评观念之建构》《昆曲的声与色》《京都聆曲录》、诗集《亮光集》、小说《亨亨的奇妙旅程》等。编订朱英诞、穆儒丐、顾随等作家和学者的作品。

厨房即景

清晨。从水盆中升起
一个袅袅面人。
他握着豆沙拳头，
嘴巴里流淌黑可可涎水……

我说：嗨，你可曾
爬过地狱的九层刀山和九重油锅，
那儿的"油炸鬼"最甜最脆最机灵。
还有焦圈，就着豆汁儿。

那人垂着悲哀的表情，
仿佛是俄狄浦斯的拐杖。
他瘫软在蒸气锅里，
灵魂发出鸭蛋羹的清香，吱吱，吱吱。

生活史的形状

我从窗之历史里探
出头来。"嘿嘿！"

你驱赶着，像是
沉沦在房中的昆虫。

"嘤嘤！"你应答，
我们俩的脸是一样的泪。

我曾随便笑，对天上
的仙草，对地狱的魂。

你也如此？只不过
嘴唇更陷入沙发和美妙。

我们还是哭吧，手拥手，
飞，如昔时离巢的金腰燕。

一卷冰雪

雪卷着扭曲的身躯，
构成一种荒嬉的美。

夜晚我们都在赞叹
惊喜这自然的礼物。

他犹同是火，肆意

扫荡我们内心古冢。

一粒粒，一片片的
奇绝的雪不知其丑。

初生的婴孩小动物
游泳在梦的静海底。

那些暂存者，裸露
红风的冷意与峻烈。

枝条像手臂，灵魂
萦绕三日皆无消息。

在黑暗里我撩开窗，
劳作催使我忘记你。

从时间里拯救生命

从时间里拯救生命，一只狮子看见你，
推拉着门。
风用鲜明的笑容，山水的云雾拍打你，
你逗留于早晨的照片。
孩童们拥向操场。蛙哥在夏季的池塘

荷叶上写一篇小说。

手表的数字总是闪烁不定，犹如苦乐

一头栽倒

历史之魅惑的表层有打工人

修理书籍的感觉如飞船飞旋。几分、几秒，

在争夺

棋盘在停滞，

楼台停半空，

黄月摘星意，倾斜之月流散出

故事的初境，似乎鱼与仙人们

在深深的湖底低低行走与呼吸，睡过，

梦且死去

仿佛世界圆了又圆已久。月下的熊

安静了，小精灵开始营造

花萼里的城堡幼芽，在夜色里游荡至红湖。

燕园是个动物园

看，那苍鹭呆立，像秦桧。

雕鸮冰冷冷望苍生，

小绿头鸭在绿波里荡漾如徐志摩。

松鼠抱着果子，一口气攀爬

人类的通天塔，然只筑到了半空，

树洞里的仙女姑娘迎他回家。

珠颈斑鸠值得再写一首诗，
她看着你就像看红楼梦。白头鹎
张大尖嘴巴，可能讶异于贾岛敲门。

鹿岛上，幼龟沿着石缝绕行灌木杂草
找到一间栖息的宿舍。黄鼬早已
退出战场，灰椋鸟仿佛耶稣刚诞生世上。

啄食黄柿的乌鸫，跳上跳下，作为
美学的化身，辨识喜鹊与灰喜鹊已
耗尽了学者的一日，如麻雀与麻鸭。

白鹭飞吧，带着行者至海的彼岸，
橘猫如契诃夫在凝视你，渴望
两脚兽的抚爱而非从未有过的刺猬之心！

石鱼亦非鱼，且在下雨的时节，
一些红鲤已乘坐水仙牌潜艇划向
思者的墓地，啄木鸟挂两滴泪悬于猪头。

立春日忆苏州如梦

二月，苏州在水墨的墨水里，
成宝塔，化江艇，有白鱼。

雨声绘山中的余生，
点燃红树之哭喊。
蜗牛在寻找一只砚台吗？

在居室里挪动浮世，
梦若吃冻肉抚泠弦
在飞瀑与危崖茅亭间，
柱杖已看时间加速。

四轮马车停驻，
昏鸭认得小桥，
通往一条幽绿密径。
听雪粒在半空喧嚷如策兰。

愁闷躲在林间。
缓缓而行之，
静水
之畔有童子温酒。

友人用痛苦写诗，
灯下观虫。

盘旋，摇晃，倚窗……
蜿蜒靠近又伤离别的一群
灰椋鸟与钟情人，
春又沉浸于萧瑟江流了。

陈先发的诗

陈先发，1967年生，安徽桐城人，1989年毕业于复旦大学，现任中国作家协会诗歌委员会副主任，安徽省文联主席。主要著作有诗集《写碑之心》《九章》《陈先发诗选》，随笔集《黑池坝笔记》（系列）等二十余部。曾获鲁迅文学奖、华语文学传媒大奖、十月文学奖、英国剑桥大学银柳叶奖、美国哥伦比亚大学2022春季大赛翻译大奖等国内外数十种文学奖项。2015年与北岛等十位诗人一起获得中华书局等单位联合评选的"百年新诗贡献奖"。作品已被译为英语、法语、俄语、西班牙语、希腊语、波兰语、西里尔蒙古语等多国文字。

丹青见

桤木，白松，榆树和水杉，高于接骨木，紫荆
铁皮桂和香樟。湖水被秋天挽着向上，针叶林高于
阔叶林，野杜仲高于乱蓬蓬的剑麻。如果
湖水暗涨，柞木将高于紫檀。鸟鸣，一声接一声地
溶化着。蛇的舌头如受电击，她从锁眼中窥见的桦树
高于从旋转着的玻璃中，窥见的桦树。
死人眼中的桦树，高于生者眼中的桦树。
制成棺木的桦树，高于制成提琴的桦树。

2004 年 10 月

前世

要逃，就干脆逃到蝴蝶的体内去
不必再咬着牙，打翻父母的阴谋和药汁
不必等到血都吐尽了。
要为敌，就干脆与整个人类为敌。
他哗地一下脱掉了蘸墨的青袍
脱掉了一层皮
脱掉了内心朝飞暮倦的长亭短亭。

脱掉了云和水

这情节确实令人震悚：他如此轻易地

又脱掉了自己的骨头！

我无限眷恋的最后一幕是：他们纵身一跃

在枝头等了亿年的蝴蝶浑身一颤

暗叫道：来了！

这一夜明月低于屋檐

碧溪潮生两岸

只有一句尚未忘记

她忍住百感交集的泪水

把左翅朝下压了压，往前一伸

说：梁兄，请了

请了——

2004 年 6 月 2 日

最后一课

那时的春天稠密，难以搅动，野油菜花

翻山越岭。蜜蜂嗡嗡的甜，挂在明亮的视觉里

一十三省孤独的小水电站，都在发电。而她

依然没来。你抱着村部黑色的摇把电话

嘴唇发紫，簌簌直抖。你现在的样子

比五十年代要瘦削得多了。仍旧是蓝卡其布中山装
梳分头，浓眉上落着粉笔灰
要在日落前为病中的女孩补上最后一课。
你夹着纸伞，穿过春末寂静的田埂，作为
一个逝去多年的人，你身子很轻，泥泞不会溅上裤脚

2004 年 10 月

孤岛的蔚蓝

卡尔维诺说，重负之下人们
会奋不顾身扑向某种轻

成为碎片。在把自己撕成更小
碎片的快慰中认识自我

我们的力量只够在一块
碎片上固定自己

折枝。写作。频繁做梦——
围绕不幸构成短暂的暖流

感觉自己在孤岛上。
岛的四周是

很深的拒绝或很深的厌倦
才能形成的那种蔚蓝

2013 年

群树婆娑

最美的旋律是雨点击打
正在枯萎的事物
一切浓淡恰到好处
时间流速得以观测

秋天风大
幻听让我筋疲力尽

而树影，仍在湖面涂抹
胜过所有丹青妙手
还有暮云低垂
令淤泥和寺顶融为一体

万事万物体内戒律如此沁凉
不容我们滚烫的泪水涌出

世间伟大的艺术早已完成
写作的耻辱为何仍循环不息……

2014 年

渺茫的本体

每一个缄默物体等着我们
剥离出幽闭其中的呼救声
湖水说不
遂有涟漪
这远非一个假设：当我
跑步至湖边
湖水刚刚形成

当我攀至山顶，在磨得
皮开肉绽的鞋底
六和塔刚刚建成
在塔顶闲坐了几分钟
直射的光线让人恍惚
这恍惚不可说

这一眼望去的水浊舟孤不可说
这一身迟来的大汗不可说

这芭蕉叶上的
漫长空白不可说
我的出现
像宁静江面突然伸出一只手
摇几下就
永远地消失了
这只手不可说
这由即兴物象强制压缩而成的
诗的身体不可说
一切语言尽可废去，在
语言的无限弹性把我的
无数具身体从这一瞬间打捞出来的
生死两茫茫不可说

2016 年

绷带诗

七月多雨
两场雷雨的间隙最是珍贵。水上风来
窗台有蜻蜓的断肢和透明的羽翼

诗中最艰难的东西，就在
你把一杯水轻轻

放在我面前这个动作里

诗有曲折多窍的身体
"让一首诗定形的，有时并非
词的精密运动而是
偶然砸到你鼻梁的鸟粪或
意外闯入的一束光线"——

世世代代为我们解开绷带的，是
同一双手；让我们在一无所有中新生膏腴的
在语言之外为我们达成神秘平衡的
是这，同一种东西……

铁索横江，而鸟儿自轻

2016

双樱

在那棵野樱树占据的位置上
瞬间的樱花，恒久的丢失
你看见的是哪一个？

先是不知名的某物从我的

躯壳中向外张望

接着才是我自己在张望。细雨落下

几乎不能确认风的存在

当一株怒开，另一株的凋零寸步不让

——选自《巨石为冠九章》

2020

枯

每年冬天，枯荷展开一个死者的风姿

我们分明知道，这也是一个不死者的风姿

渐进式衰变令人着迷

但世上确有单一而永无尽头的生活

枯的表面，即是枯的全部

除此再无别的想象

死不过是日光下旋转硬币的某一面

为什么只有枯，才是一种登临

2021

枯

当我枯时，窗外有樱花

墙角坏掉的水管仍在凌乱喷射
铁锈与水渍，在壁上速写如古画

我久立窗前。没有目标的远望，因何出神？
以枯为食的愿望
能否在今天达成一种簇新的取舍？

这两年突然有了新的嗅觉，
过滤掉那些不想听、不忍见、不足信的。
我回来了
看上去又像
正欲全身而退
我写作
我投向诸井的小木桶曾一枯到底

唯有皮肤上苦修的沁凉，仍可在更枯中放大一倍。
远处，
大面积荒滩与荒苇摇曳

当我枯时，人世间水位在高涨

2021

风

薇依的书中布满"应当"二字，
她是飞蛾，翅膀就是被这两个字
烧焦的
她留在世上的每粒骨灰都灼热无匹。
弘一则大为不同：为了灰烬的清凉
他终生在作激越的演习……

有的病嵌入人的一生，从未有
痊愈的一刻。有的只是偶尔来访，
像一场夜雨，淅淅沥沥，
遇到什么，就浸入什么。
与躯壳若即若离一会儿。
我写过一首诗，题目就叫以病为师

病中的日子似睡似醒。
在摇椅上，倾听灌满小院的秋风
——翻翻薇依，又翻翻弘一，
像在做一种艰难的抉择。整个八月，

我有个更为涣散的自己
一个弱了下来，持续减速的自己
一个对破壁仅作"试试看"的自己

2022

旧宇新寰

啄破一粒草籽即窥见一个新的宇宙，
我白头蓄积的过往，也填不满它。
幸运的是，我还能听清把我吹落的风声
破壳的万千草籽赤裸着，在风中交谈
以这么自然的方式退出一个旧的世界……

2023

理想国

有一只或一群小鸟，日复一日、年复一年地，
在我书房的窗玻璃上扑腾，激烈地啄食。
它们遗下的唾液变干、发白、堆积，
我用高压水枪冲刷也难以洗净。
而钢化玻璃如此乏味、坚硬，

又有什么神秘之味回馈给它们?

我曾百思不得其解，小鸟

为何徒耗生命又永不言歇……

今天走到书房之外，站在小鸟角度，只一眼，

迷雾霎时烟消云散。原来玻璃中印着树之虚影，

远比它身后的真实绿树更为婆娑动人。

下午三点多，光线斜射，楼台层叠。

这虚影亦为理想国，

人皆迷失，况弱鸟乎?

我不需要什么顿悟。我只举步来到了另一侧。

2023

古马的诗

古马，1966年生，甘肃武威人，祖籍凉州。出版《胭脂牛角》《西风古马》《古马的诗》《红灯照墨》《落日谣》《大河源》《晚钟里的青铜》《飞行的湖》《宴歌》等多部诗集。获甘肃省委、省政府第四、第五、第六届敦煌文艺奖，首届黄河文学奖一等奖，2007年度人民文学奖，《诗选刊》2008年度中国十佳诗人奖，首届《朔方》文学奖，《扬子江》诗学奖，《诗刊》社2020年度陈子昂年度诗人奖，首届李叔同诗歌奖提名奖等。被授予甘肃省第二届中青年德艺双馨文艺工作者称号。系甘肃省作协副主席。现居兰州。

青海的草

二月呵，马蹄轻些再轻些
别让积雪下的白骨误作千里之外的捣衣声

和岩石蹲在一起
三月的风也学会沉默

而四月的马背上
一朵爱唱歌的云散开青草的发辫

青青的阳光漂洗着灵魂的旧衣裳
蝴蝶干净又新鲜

蝴蝶蝴蝶
青海柔嫩的草尖上晾着地狱晒着天堂

罗布林卡的落叶

罗布林卡只有一个僧人：秋风
罗布林卡只有一个俗人：秋风

用落叶交谈
一只觅食的灰鼠
像突然的楔子打进谈话之间
寂静，没有空隙

西凉月光小曲

月光如我
到你床沿

月光怀玉
碰见你手腕

月光拾起木梳
半截在你手里

另外半截
插在风前

一把锈蚀的刀
插在焉支以南

大雪铺路
向西有牛羊的尸骨

借光回家
取盐在你舌尖

疏勒河

昨夜有一颗小星
雪的孪生姊妹
陪伴他翻山越岭

她都说了些什么话呀
动荡的波涛折射出点点银花
醉梦一般
在野兽号叫的旷野
或是被一棵怪松的枝柯挂住
或是真累了
在哪一块老鹰蹲过的岩石上歇脚打盹
雄性的疏勒河
何时把那一颗映照他心房的小星走丢了呢

穿过黑夜的针眼
急促的河水
变得开阔

空荡荡
了无牵挂

旭日站在河岸上
笑盈盈地说：瞧，他比我圆通
释然，自在，比我还要前途远大

雨还在下

雨还在下，树还在绿
总有那么一天，亲爱的
也许我们早已不在人世
我为你写下的诗篇也早已失传
可树照样绿　像今天绿透了天地
雨照旧下着　没完没了
像你和我还有千言万语
难以耗尽

凉州月

母亲，火车快进站了：早晨六点多
田野里黑沉沉的，透过车窗
我看见积雪、瑟瑟枯草

苦杏仁大小的月亮——

从前，你们还住在市区的平房里
储存的白菜都结了冰花
炉火上炖着羊肉，满院香喷喷的灯火
等我从外面回来的脚步声点亮……

老大不小，我又回来了。母亲啊
月亮那苦杏仁淡淡的清香
只有我能替你闻到一丝一毫

一丝一毫，便能使你得以宽慰？

马头琴上的草原
——听苏尔格演奏《游牧时光》感赋

你的草原
是在一个人的心上
是在你自己心上

假如在一个人的心上
连一株苜蓿都找不见了
最后的奶渣
被一只蝴蝶收走

你还剩一个马头抱着痛哭
你还剩两根马尾相互倾诉

万里无云
云雀喉咙里的海子都蒸发了
走散的人各奔前程　各自珍重
马的骨头　和马走失
走失的骨肉都会在春天变绿

生和死
都会绿在一起

三叶草

假若一切事物都像三叶草
就简单多了

河边散步时
我弯下腰去，向你指认
三片叶子——过去现在未来
同时出现在一株植物的茎端

可你认识的我
不仅是我本人

还是她，她和他，和众人
众人的幸和不幸
都与我有关
与你梦中的天气有关
你也是我
我也是谁的旧亭台
和去年的落花

流水夕照
我从心底默然忏悔：对不起
我是当下的语言
我用过去，占有未来

挖土豆谣

等新麦归仓后再去挖土豆吧
让南风尽情吹拂
让太阳把更多的热力和糖分
通过覆盖地垄的绿蔓输送给它们
让它们在暗中再长得壮实一些

等秋分后再去挖土豆吧
白露纷繁
提秧则散

滚落田野的土豆个个大过吃饭的碗

我们如此地欢喜
有人在月亮姗姗来迟的傍晚
迫不及待用土块就地垒起了窑灶

我们把铁锹都放在了一旁
兴奋地搓着双手
让烧红窑垒的火光照着泥与汗的脸
土豆烤熟的香味开始四处乱窜

边地蓝莹莹的胡麻花
秋天鸟儿的眼睛
也和我们一起沉醉了啊

花海

花草汹涌落日

落日是一个人的背影
是提在手里的小皮箱颜色暗红
不管多么留恋，一步一步
往地平线下挪去

一列停在花海深处的绿皮火车
似乎落日就是刚刚从这儿下车的
似乎忧伤的灵魂正从车窗里向外探望
一直望到望不见那落单的形影

无可簇拥的花草
终于梦醒一般从天边反噬过来
将整列火车淹没

在事故地点
几只红嘴玄鸟兀自议论着薰衣草的味道

照临月光

海男的诗

海男，本名苏丽华，1962年生，云南永胜人。毕业于鲁迅文学院·北京师范大学文艺理论研究生班。著有跨文本写作集、长篇小说集、散文集、诗歌集九十多部。有多部作品已被翻译成多国文字。曾获刘丽安诗歌奖、中国新时期十大女诗人殊荣奖、中国女性文学奖、扬子江诗歌奖、中国长诗奖、中国诗歌网十大诗集奖、第六届鲁迅文学奖（诗歌奖）等。现居云南昆明。

为了生活总得走来走去

拖着影迹，在曳地的裙子下追逐着什么
她从早到晚，总在移动身影，在脚底下
清除多余的东西。夏天，草棵在疯狂地长
树枝在疯狂地长，物事物语却在疯狂地变化
这停不下来的脚，为了生活总得走来走去
倘若停下来，她也在修枝，脚步立于树荫
阳光下她脸上的色斑会突然变得亮堂起来
枝条落下，滑过脖颈。她避开了尖锐的锋芒
那些看上去尖酸刻薄的枝条总是被她伸手推开
像是在不经意间就推开了想俘虏她的男人
而总是有从空中落下的尘屑想钻进她发丝
还有一只野蜂嗅着花香来，在某朵花冠上游离

变天了，她收回目光，合拢长长的剪刀
收回了在荒野浪迹天涯中看不到尽头的踪迹

你好，忧愁

法国小说家萨冈的小说名《你好，忧愁》
那个冬天，想起来，已经太远了

有微雪洒在屋顶和山冈的斜坡小路上
有几个人正在小路上聊天有人弹下了烟灰
有一条黑色的土狗从小路往下奔跑消失了
我坐在客房的露台上，翻开了萨冈的小说
突然想吸一支香烟，眼睛却在盯着书名
曾经锁在抽屉里的情书已经发霉了
曾经让我动过情的名字不再维系我的日常生活
我不再想翻开书往下读。那天上午
我沿着斜坡上的小路往上走时毫无目的性
就像此刻，多年以后，我重又看到了这本书

它静静地在书柜中成为我的一部分枝蔓
《你好，忧愁》，窗外的落英以凋亡正在新生

哀歌像幼芽生长于阳光地热深处

当哀歌像幼芽生长于阳光地热深处
它成为植物中的一部分，比如紫色鸢尾
盘桓于世，沿高山地区的土地石缝绵延出去
让我想起妖娆和孤独这些原发地的寒冷和阳光
薄冰覆盖过的青石灰岩上总是驻足的一只大鸟
还有什么破壳而出的秘密潜游在呼吸空气中
哀歌并非像你们所想象的那样萎靡在阴沉的面孔
哀歌并非像你们所猜测的是落叶的一次次挣扎死亡

我曾将哀歌视为一只剥开的橘子散发出久违的芬芳
我曾将哀歌视为枕旁聆听滚石正在上山时的礼赞
风筝掠过的天际线，苍白的云絮将被橙红替代
放风筝的孩子和老人抓住了不同年轮的曲线

火车站的秋天，有着树叶飘忽不定的月台
被涂料浸淫过的画布上有一座空荡荡的房屋

从山冈上跃出了热烈的火焰

从山冈上跃出热烈的火焰，一个女人正在往上走
火焰如能像山顶巨瀑飞流而下，该是怎样的场景
向上走的女人，露出了秋日下的背影头顶上的帽子
一个喜欢戴帽子的女人，必拥有没有尽头的长旅
她的身后，或许有破碎在露台上的花瓶
她的身后，或许有一份份失效的契约证书
她的身后，或许有过许多场喧嚣与浮华的夜宴
她的身后，或许还有炉子里燃烧柴块的余温
一个女人正在往上走，看不见她的脸
看见了她鞋子下的山路，尘土很厚很干燥
有风化了的牛羊粪，野蜂在路边花丛中觅香
一个女人安静中奔向一个目标，火焰色的半山腰

她似乎已经抵达了目的地，火焰色的半山腰

她抱住了一棵向日葵，转过身来面对幽蓝的人世

如何看见一只火烈鸟

传说中的火烈鸟，有红红的翅膀，气象在扑腾
野外的丘陵，针叶有柔软的，不会刺痛肌肤
也有尖锐的，走过去要提防它的刺
海挟持着探险者的行程消失在远方
内陆版块每一次都在悄无声息中移动
如同迁徙者不规则的生活驯服于一个人的魔杖
如何看见一只火烈鸟？首先，要熟悉火
以及你的位置，你从生活中走出来的索引航线
在低沉黑暗中，你侧身睡姿旁边的墙壁面向何方
从梦的阶梯上升的速度中你睁开双眼
你的左右手伸开了吗？这里有热带的光线
绸带是火热的，礼物在里面等待着惊喜

如何看见一只火烈鸟？在虚拟的荒漠化古堡
走进去，感觉到有一颗热烈的心正为我跳动

我就是我，你就是你

什么样的思绪从一只漆黑的蛛网中走了出来

黑色幽默，伴随着语言让我又走出了荒原
回过头去，我就是我，影子垂下来
哦，影子倒映在沙尘暴过去后的寂寥之下
红色披巾早已被风吹到了不远处的灌木深处
像野生的红蘑菇更像一朵有毒的蘑菇。这就是我吗
而当我朝前看时，看见了移动的山峦
你就是你，在移动着身体，水壶中的半壶水
总会留在最艰难的时刻，留给那只饥渴的小鸟
留给枯萎的树，留给夕阳辉映下的一首诗歌
我就是我，你就是你，这迷途温婉而饱满
终有告别的时辰，青铜树挂满的风铃在响动

又该说再见，趴在岩石上的巨兽看见了苍茫
看见了尘世间，两个人一前一后的距离

当青铜色的风铃拂过面颊

熔炼青铜器时，我还未成为生命中的生命
那时候，我在哪里？火，是起源，使一棵树生长
使一场冰雪融化，使一条峡谷深不可测
使一个人有血有肉。水，是超越黄金的河床
铺满了我们梦中出入的地方。水，超越了时间
在未计数之前，水来到了细胞深处
当青铜色的风铃拂过面颊，漂在水上的枕木间

有我的身体，它现在仿佛已经很古老
如同风铃摇曳过后的黑暗，那些身藏魔法者
暗示我从陆地上行走的路线，进入某间房屋
等待我的人，闪现出青铜色风铃的结构
为我指点迷途，并让我的四肢获得了安宁

人，孤单地成为一盏灯下的幻影并熔炼出时态
飞翔吧，在房间里也能在云图中隐现自己的形象

世界上所有夜晚的黑暗都在秘密造梦

梦，像一粒沙。从沙粒微尘中看见了自己
是今天的生活动态。雨幕过去后的暗夜
秋天的墙壁倒映树篱的枝蔓，古老石板路
依稀可以看见久远的邮驿策马奔驰的心跳
世界上所有的黑暗都在秘密造梦
肩上的丝巾发出波光般的邀请函
我就在这里，赤脚穿过了失眠的长夜
在沙粒中做梦，重见了自己在梦境中的模样
鲜花中有我的前世，凋零中看见了自己的屏风
站在水土的中间，发现了蝉和蜜蜂的身体
蝉在唱歌，蜜蜂在吐出蜜汁中悄然告别人世
蝴蝶的斑斓只有几十天时间，玫瑰死于怒放

这漫长的慵碌，我们在梦中乘着黑暗的速度
身体中的流沙在尘埃中闪烁，向日葵弯下了腰

弓弩已消失在前世的暗夜

墙上猎人的弓弩早已消失在前世的暗夜
在它的暗影下，我宿寄的一夜，并不寂静
嗖嗖的嘘声，伴随着灯烛的晃动
总有一个人在叫出我的乳名。并以时间的名义
让我面对黑暗，早已被硝烟熏热冷却后的记忆
整条街景看不见一个人，一只鸟，一片树叶
甚至也找不到古老而长满青苔的井栏
很久以前，我曾漂泊在另一个夜幕
为另一场战役述说着因果，并宣称
今夜我像鬼一样美，像鬼一样无影无踪
而此刻，我早已不再是幽灵转世而来
坐在台阶上，就等来了一群燕子归巢

弓弩去过的地方，倒下去了一片树叶
在它新生的林子里，我追上了今世的春光

山坡上挖地的农夫与我偶遇

偶遇，不仅仅发生在列车进站以后的月台上
这时候的偶遇有可能是过去的一只箱子
外加上一首插曲，车轮下翻滚出黑色机油
那古老的机油味，百年过去了，仍未变
还有月台铁轨，人迹匆匆，步履漫不经心
飞过的纸条，铅字体越来越单薄，而手写笺文
无论是情咒还是诗文，更像是天书
我们境遇中的生态和流行歌曲，在眼前也在天外
偶遇，像一本书，在书写中突然遇到了
节奏、诡异和辨认法。在不多的偶遇中
我记住了你嘴唇外传来的声音。风语或麦穗间
有何联系？我不喜欢戴着手套去抚摸外面世界

裸露手指骨结更靠近了自然，此刻，山坡上
挖地的农夫与我相遇了，偶遇中有一大堆土豆

韩国强的诗

韩国强，1968 年生，上海人。1986 年入读复旦大学哲学系，曾经担任复旦诗社社长，上海大学生诗人联合会会长。20 世纪 90 年代曾获《萌芽》诗歌奖。作品入选四十余种诗集和年度诗歌选本。出版个人诗集《刹那静止》《韩国强诗选》《我是说，万一我们走远了》等若干种；另出版有随笔集《骑字飞行》。曾经创办《第一财经日报》等多种媒体与自媒体，目前从事与诗歌有关的项目。

一生用尽

所有的年份在远去
就像一群幻马
其中最烈的一匹，叫一九九九

一九九九
整座城市停电了
我们离开即将爆炸的酒馆
走在旧世纪的街头
你低声说回家吧
让我们这就回家

现在
人们在世界各地，无声地饮酒
现在，门窗紧闭
星空倒挂，又不可触及
今夜，我就这样守着自己
今夜，爱情是唯一的、最后的声音

一旦黑暗来临
我又想到了你
有你在，我不再为死亡而忧郁

有你在
黑夜不值得惧怕
黑夜变得熠熠发光

有时候，心会比刀更加敏锐
我们只能用手
或者用沉默抵挡一阵
对于明天
我已无法再说什么
就像四面楚歌的墙壁
不得不承受我多余的生活

到了今天
面对着墙壁我在读诗
读着读着，很多年就这么过去了
现在你看
我的眼中早已充满了泪水

1996.7

一首好诗

一首韵脚轻轻蜷起的好诗
在诗集里患得患失

诗外，是满天浮言
被遗忘的诗人
正在进入冬天漫长的昏迷

只有光线还在怀念
一柱尘烟
因你而生，又因你而死

如果时间就这么合拢
如果一首好诗
可以像伞骨那样
缓缓撑开

过去的一首好诗
在镜子中
弯下腰去
我等着
雨水击打地面
正如陌生人的走近
这个季节需要我们慢慢熬过

2002.7.9

陌生人

陌生人侧过身子
在阳光下，他们可以随时消失

我就是那个
怀揣磁铁的少年
我就是那个准备渡河的老人

白天和夜晚
在窗外对折、再对折
我在故事中侧过身子
看到陌生的自己

圣歌已然绝响，谁在兀自高唱
鸟群掠过塔尖，这是天空之下唯一合理的存在

2011

大局

冰雪挡在一万年开外

看上去，平安是足够近了，还是足够远了？
我在自己投下的阴影中
看见太阳底下的无限生命都已大局已定
它们就像水生植物
若不是相互缠绕，若不是相互谋害
也就只能躲开
就像这世界上的最后的光
也在努力躲开，在背景中纷纷掉落

又想赞叹，但不出声
你早已习惯的这个世界也不出声
它们并非为我而生
为我而生的只有自己投下的阴影
现在我躲无可躲
看见太阳底下的无限生命都大局已定
它们在无声中呼喊
天听是足够近了，还是足够远了？

2021.2.19

另一个春天

不是现在，不在这个城市
甚至都没有出门

甚至都没有出声
你肯定不记得诗句浮上来的样子
你肯定不记得春天飘开来的样子

四下张望，没有意外
不在一个时令，却不敢让时令掉头
祝福所有活过了今天的人们
感谢每一个不愿把我弃于黑夜的黎明
我醒着，星辰偏偏空转
我已睡去，繁华却刹那盛开

如果还有奇迹
如果大地在脚下忽然自言自语
那应该是另一个春天到了
在另一个春天，你们听不到否定的语气
年轻人彼此允诺，纷纷出发
鲜花可信，星辰更加可信
在另一个春天
他们说：多好啊，好多啊。
他们说：正是如此，正是如彼。

2021.2.20

在荒凉中

是不是要坐等一个下午
才会发现好事不再
一整条大街，趴倒在地上
路灯已被列队枪决
只有荒凉正逆光漫延，不肯退让
我们自顾自
在荒凉中说着荒凉话

失眠，失忆，失去一切
活着让人略显吃惊
一大片荒凉，还悬在头顶
听得到里面是空的
飞行着不明物体和圣人
我们陷入沉思，害怕失去意义
我们哈哈大笑，却并不快乐

面对人类我哑口无言
人类不可动摇
而我早已物是人非
但是沉默，也难以掩饰
那些被毁灭的诗

终将一个字一个字复活
荒凉中只有它们说着荒凉话

2021.3.27

拯救虚无

远方在一点点暗下去
秩序消失了
一切都是临时起意
这时候，天空不像真的
道路也不像真的
行走着荒芜的人类
他们都往虚无里去了
他们喋喋不休，心犹未甘

秋天是有多轻
道路也能脱地飞行
这时候，人类不像真的
我也不像真的
在现实与虚无之间
必须想象一种蓝
去拯救黯淡
必须想象一扇窗子

让锁于黑暗的人
看见远方，正一点点亮起来

人类一点点亮起来
这时候轻风有限
时光正好，万物彼此相遇
人们泪流满面
生命中残留的全是倦意

2021.4.20

贺中的诗

贺中，1964 年生，又名克列·萨尔丁诺夫、琼那·诺布旺典、贺忠、米米马修等。诗人、涂鸦人和平面设计师。著有诗集《群山之中》《西藏之书》《说说你，说说我》等。现居拉萨。

高处盛开的莲花

从高处，从你的床
你用炮弹
炸开我的心

你在我心里盛开
我被你托举
被你莲花的心

山顶的光
山顶的雪
谁的气息像雾漫过

金子的太阳，银子的月亮
风的风啊
谁的手势像水穿过

我独坐悬崖
如同乌鸦一样寒冷

女人，你站好哟

它就是烟火中远望的
青铜！女人
你的脚下不仅仅是土

它用钻石的马匹
驮住风尘的旗手
女人，你站好哟

太阳，我要喝尽你的酒
你的蓝天装不下
我漂流的云彩

太阳啊，我要和你干杯
就因为你的山
太重的山：噼啪于你的光

我刚好抬头
牧神的歌声又一次响起
这是神示，黄昏仅有的神示

女人，你可要站好哟

骑马的人正从家门路过

郎哥呀，你撩开月光
你撩开黑马的云朵
你撩开我

我撩开树林
你撩开路

这只杯子太大了

这只杯子太大，我只有一个
你的喉咙咕隆
我的到处咕隆

你的光亮是折叠的声音
山上的人：我是你的器具
河水斜斜穿越
你的肩头落满小鸟

远远地靠近你
寺庙呵，细雨飘飘
我心中盛开花朵
天空的中央，一团黑影

盖住帐篷下的歌吟者

就是此刻，我接受四方的
女子：她们星星的眼睛
拿走我残存的肢体
夏日的午后，你或者
我——还能生出什么

我就是这样，一直是这样

下午刮风的时刻

我再一次感受到
那珍珠串连的事件
像春天萌动的虫子

我感受到胸口温厚
蠕伏的日子
轻轻启航，村庄
被烟带到远方

下午刮风的时刻
父辈们紧抓自己的头发
和纸片飞扬，尘土

淹没了眼睛

我像个怪异的坏娃娃
抓住惊奔的黑马不放

雅鲁藏布江大拐弯

雅鲁藏布江一直流过地球之巅
在穿入墨脱如花的大峡谷后
忽然一个 180 度的马蹄形大拐弯
便一下子往下流进到处都是胖美人的印度
那条肉感的弯，给我们拐出了很多非分之想

拖把即将清洗年末的冰冻岁月

那个疯丫头就要来了，她会迅速进入
造香者的工坊，宣布度母飞临的消息

同时传达头颅失踪的慌张——
而大鸟又进入体内啄食灵肉
而母亲用古怪的行动
拉开尘封的黑幔——想到古老的

预言：乌鸦要驮走整个丰肥的春天
燃香人只有伏地不动，光阴的
拖把即将清洗年末的冰冻岁月

这么多年过去了

这么多年过去了，像个世纪老人
喃喃自语，像是这块高大陆的旁白

逝去的伙伴，深夜总是打开
我的酒柜，翻阅古旧贝加
手稿、佛珠、画纸总是在移来移去

我是老了，如同被洪水洗劫了
如同倒伏的青稞丧失秋天的果实

这么多年过去，我是老了
——老的像荒芜的过去，风干的时间

被寒风拧紧的冰塔松开流响

门隅来的布谷吹响圣城的法螺
被寒风拧紧的冰塔松开流响

绿色的叫喊起伏拉鲁
向日葵的脸，马兰的头
更有枝杆饱满的芦苇
齐刷刷朝向太阳

马蹄消失，酒糟四溢的暮色时分
风会成为孤单的异乡人

在没法儿再深的深夜

在没法儿再深的深夜
老光棍不停地摸着自己的躯干

直到五个指头沾满刀锋一样的黑暗
直到那漫长的孤寂把仅剩的肉剔尽

在没法再深的深夜
白骨耀眼的光亮让人间充满冷冷诡异

高高在上的拉萨

高高在上的拉萨，像我手持的经书

滑下一座座废墟和往昔的桑烟

——我是个委顿的人，迈步向前的很多日子
并没有体会到神的存在、神的伟大

喜马拉雅山脉

你弯曲的脊背反射着雪的光芒
巨大的影子笼盖四野。夜晚降临

天和地浑然一体，我躺在帐篷
发现蜷缩的身体小过牧羊人眸子里的一粒尘埃

纪念

如今，当我站住，毒汁浸泡的花朵
又开放了病痛，作为一次回首
我情不自禁地摘下微风吹拂的海螺

把水留给海，把青草还给大地！
而我只是一枚岩溶包裹的化石

日喀则

宝贝之地！那座庞大的金庙
忽然进入越野车窗，在庄园温暖的夕光
引动一阵热泪——

——大群白鸽子刚好擦过市区上空的蓝云

寂静的草地

刮风了，寂静草地
精灵们迈着光洁赤脚
再次踏过我积雪的岩屋

黑夜的蓝眼，像蝙蝠迅速掠过

胡弦的诗

胡弦，出版诗集《沙漏》《定风波》、散文集《永远无法返乡的人》等。诗作曾获《诗刊》《星星》《十月》《钟山》等杂志年度诗歌奖、闻一多诗歌奖、徐志摩诗歌奖、柔刚诗歌奖、腾讯书院文学奖、花地文学榜年度诗人奖、十月文学奖、草堂诗歌奖、鲁迅文学奖等奖项。现居南京。

病

病在护士那里是一根针管
在纸上是说出
在病历里是凌乱的字迹
在药片中间是散步

听诊器在墙上晃，晃
像古老的眼睛
针尖上的疼像闪电
病人的身体被病拖住
想脱身不容易

病把许多东西拖住：表格、床单、胶管
麻醉剂、病房楼、账单、车轮
——它把一个国家
几乎改装成了疾驰的救护车
它在听诊器里轰响
在医生的舌头上滚来滚去
"那个人没救了！"
病也有病，此中悲凉在于：玩笑
一开就大

听诊器在墙上晃，晃
医生在椅子上向后仰去
试管在实验室里有细微的叮当声
病怎么就是病呢？

没有人理解病
没有人真正看清过病
也许
病以为爱你就是让你得病

登山

大船如岛，大海无边
昨晚，据说有人曾在海上散步
但白日所见
却是这些黑黝黝的礁石
像一群不谙世事的少年

——是幻觉带来了信仰，还是
信仰即幻觉
海浪反复冲上沙滩
像一群前赴后继的人

我已来到山顶

来到天堂的边缘，极目远望
哦，大海无边
细浪缠绕着脚下的小岛，白色花边
仿佛人世间激动的源泉

寺庙的金顶浮现
我身边站满了
面色冷峻的人，微有不安的人
远方，信天翁从空中缓缓下降
在早课的钟声里，它们
再次来到尘世，来到
大海永不停歇的翻滚中

造访

……一次意外的造访，
刀子说，经过这里就顺便
来看看你。

刀子的话里没有锋芒，
"打搅打搅！"刀子离去时，
明亮的刃，投来一道抱歉的目光。

刀子是许多人的老朋友，

对生活一直所需不多，比如
只要别人身上一块模糊的伤疤。

——从不感知疼痛，甚至
没有耐心听完一声尖叫，刀子
已抽身离去。

传奇：夜读——

与她的欢快如风相比，我是
木讷的，
我想跟上她的节奏，
这怎么可能？我是在
重复树叶做过的游戏。
风吹一遍，她变成了小妖；
风吹两遍，她剪烛，画眉，吐气如兰；
风吹着光线，她像阴影一样跑来跑去。
她说立志做个良家女子，这怎么可能？
一千年前她被编造出来，拐进传说里不见了，
但打开书本就会跑出来，
不谙世事，让我叫她
小狐狸，这怎么可能？
她旋转，笑，小腰肢
收藏着春风和野柳条的秘密。

她就像风，一千年前她就被
放进了风里。没有年龄的风呵，
吹着时间那呆板的心。
她说不想再回去了，这怎么可能？
夜已深，当我合上书本，
灰尘闭着嘴唇，月亮走过天井，大窗帘
像她离去时衣衫的飘动。

风

今夜，风一直吹，
吹落黑衣人心中的刀子。
巫人念咒，蟋蟀弹琴，
官路两旁，草籽将落。

而花开南浦，虎行东山，
风一直吹，吹向墓园。
对忘恩负义者，记忆无用。
儿童晚归，须唤其魂魄三声。

今夜，黑暗辽阔，牛羊低头，
先人归来，无声无息。
芭蕉叶大，野店小，
风一直吹，吹着情人的旧衣服。

今夜无语，吃酒三杯。

勿打搅乌鸦。

挹江门外的打更人，内心

埋下绸缎七匹。

海

停笔的间隙，案头寂静。

——远方，海岸线嗡嗡响。而看不见的海沟

像一种秘密、隐忍的存在，在同

下潜的暗流

和表面风浪的联系中……

——浪花扑向礁石寻找信仰

而礁石不动，如同

一只尚未被命名的动物在教

大海走路。

夹在书里的一片树叶

愈来愈轻，侧身于错觉般的

黑暗中：它需要书页合拢，以便找到

故事被迫停下来的感觉。

书脊锋利，微妙的力

压入脉络，以此，它从心底把某些

隐秘的声音，运抵身体那线性、不规则的边缘。

"没有黑暗不知道的东西，包括

从内部省察的真实性。"

它愈来愈干燥，某种固执的快感在要求

被赋予形体（类似一个迷宫的衍生品）。

有时，黑暗太多，太放纵，像某人

难以概括的一生……

它并不担心，因为，浩大虽无止息，

唯一的旋涡却正在它心中。它把

细长的柄伸向身体之外

那巨大的空缺：它仍能

触及过去，并干预到早已置身事外的

呼啸和伤痛。"岁月并不平衡，你能为

那逝去的做点什么？"

许多东西在周围旋转：悬念、大笑、自认为

真理的某个讲述……

偶尔，受到相邻章节的牵带，一阵

气流拂过，但那已不是风，只是

某种寻求栖息的无名之物。

"要到很久以后，你才会知道发生了什么，

以及其中，所有光都难以

开启的秘密。"

有次某人翻书，光芒像一头刺目的
巨兽，突然探身进来，但
失控的激情不会再弄乱什么，借助
猎食者凶猛的嗅觉和喘息，它发现，
与黑暗相比，灼亮
是轻率、短暂的，属于
可以用安静来结束的幻象。
"适用于一生的，必然有悖于某个
偶然的事件……"当书页再次打开，黑暗
与光明再次猝然交汇，它仍是
突兀的，粗糙与光滑的两面仍可以
分别讲述……
——熟谙沉默的本质，像一座
纸质博物馆里最后的事，它依赖
所有失败的经验活下来，心中
残存的片段，在连缀生活的片面性，以及
某个存在、却始终无法被讲述的整体。

灯

一次是在谷底，他仰起头，深蓝的液体
在高处晃动，某种遗弃的生活如同
海底的石兽，时间，借助它们在呼吸。
"在这样的地方站得久了，

会长出腮的。"他有了慌乱……
另一次是在山巅，几小块灯斑
像不明事物的胎记。他意识到，
所有的花瓣，都有扁平、不说话的身体。
——他在灯影里徘徊。有时，
走上黑暗中的楼梯，为了体验
严峻的切线边缘，某种激荡、
永远不可能被完成的旋律。
"光高于所有悬空的事物。"他发现，
恋人们接吻时，身体是半透明的。而且，
群山如果再亮些，真的会变成水母；但
沉浸在黑暗中，也有不可捉摸的愉悦。
群星灿烂。这已是隔世的
另一天，不必要再证明什么是永恒。一盏
熄灭的灯也是那留下的灯，疲倦光线
在最后一瞬抓住的东西，藏着
必须为之活下去的秘密。

小谣曲

流水济世，乱石耽于山中。
我记得南方之慢，天空
蓝得恰如其分；我记得饮酒的夜晚，
风卷北斗，丹砂如沸。

——殷红的斗拱在光阴中下沉，
老槭如贼。春深时，峡谷像个万花筒。
我记得你手指纤长，爱笑，
衣服上的碎花孤独于世。

某园，闻古乐

山脊如虎背。
——你的心曾是巨石和细雨。

开满牡丹的厅堂，
曾是家庙、大杂院、会所，现在
是个演奏古乐的大园子。
——腐朽的木柱上，龙
攀缘而上，尾巴尚在人间，头
消失于屋檐下的黑暗中：它尝试着
去另外的地方活下去。

琴声迫切，木头有股克制的苦味。
——争斗从未停止。
歇场的间隙，有人谈起盘踞在情节中的
高潮和腥气。剧中人和那些
伟大的乐师，

已死于口唇，或某个隐忍的低音……

当演奏重新开始，
一声鼓响，是偈语在关门。

黄斌的诗

　　黄斌，1968 年 4 月出生于湖北赤壁，1990 年毕业于武汉大学新闻学系，珞珈诗派成员，现居武汉，湖北日报社高级编辑。出版诗集《黄斌诗选》、随笔集《老拍的言说》。

梦李白

银河落下九天落下庐山瀑布总也斟不满你的酒壶

你那酒既冷又涩就像深秋幽凉的暮雨

呵　忘却了吗

慕宗悫长风携带粗犷苍凉的雄风拔剑慨然起舞

沿着常春藤一般的路走到长安却又茫然四顾

不是有韩荆州吗　不是有裴长史吗

唉　未到夜郎

已是凄厉的猿声如雨

醉卧船头

虽不觉晓寒侵梦　但炽烈的梦里

仍禁不住长啸高呼——

让高力士双手捧着的皂靴

去成为奴颜婢膝们无耻上爬所获的"铁印"吧

让杨玉环闭月羞花的容颜去换取满堂辉煌吧

让李隆基的风雅去亲手度曲调羹吧

天地只不过如此　悔男儿志悠悠不悟

淡极始知花更艳　沉醉才解

天涯何处是归宿

骑青鹿去游山水呼朋引伴花间月下喝酒去

泛轻舟去捉月去写诗去哪管它春来冬去

安能摧眉折腰 妄自眉须

枯黄的月亮在你的酒壶里沉闷着醉了
飘飘忽忽也泛不起一丝颊红
你也醉了不觉以月为船以花瓣为帆
携着花径间的一缕清风向壶中的银河仙然而去
于是你的每一首诗
都是银河里一粒飘逸的星子
你最后忘乎一切 让三千丈白发
飘成划破长天的彗尾 闪烁着
在迢迢河汉 划出一条斑斓的虹弧

秋夜的月是最凄清也是最圆最美的月
碧落悠悠 清霜满地 离乡又不知有多许朝暮
你遗落在花间的诗魂扑棱棱生出一对思念的翅翼
朝故乡的热土负天而去

它要把你故乡三秋树上那枚最火红的叶片
燃成你经霜傲寒的心
煮故乡的清秋为一壶你从未品过的热酒
为我中华
斟上满满的三千年

1985 年

我会牢记这一刻的阳光

我会牢记这一刻的阳光
尽管它终将被历史遗忘

只这一刻
我看见它把空气镀成金黄
越过那些细小的灰尘
到达　深入而后消失

美就这样出现了
尽管它曾经也已出现

1995 年

纯净的力量

当所有的事物都在那一瞬回到了自身
每一个命名就像被雨水洗过　这样的时刻
事物因为拥有自身而显得不可战胜
这样的时刻　没有什么是多余的

这就是我渴望已久的　纯净的力量
自由在这一时刻变得可能　我可以怎样热爱
像回到生命的原点并可以清晰地观照自身
一个人要在一生中找到几个瞬间
是完全属于自己的　而从不把自己屈从于未来

一个具体和另一个具体一样具体　这就是奇迹
美原来是这么简单　并且因此而拥有了重量
如果这时我看到黑鸟那只漆黑的眼珠
它看着我却一无所视　并且空无一物地看着我　转动
我会毫无理由地对它心存感激
它看到的事物在我眼中充满了诗意和力量

2002 年

我的诗学地理

往南　到老岳州府的洞庭湖
就可以了　君山的斑竹
洞庭水中的星子　杜甫和孟浩然的诗句　足以
让我不想再往南
往北　到襄阳和樊城
到庄子的故国　和大别山
再往北一步　我也许就觉得寒冷了

向东　　只到九江

我不想离开黄州　黄梅　彭泽和庐山

西向的秦巴山　武陵山　还有三峡的起点夔门

有桃花源　有猿声中湍急的唐诗

让我不想踏入秦地一步

我在老武昌府的黄鹤楼下

遥想朝秦暮楚之地和鸡鸣三省的晨曦

如果精神尚好　就去鹦鹉洲

以一杯薄酒临江　在祢衡的墓边坐坐

2007 年

荆泉山月歌

这黑到深处的夜晚让它的孤独如此明亮

这个不断地自我反驳和自我和解的永劫轮回的形象

很多年　这一年　这个月　这一天

它还是和以前一样　恬静地出现在荆泉山上

有人的梦呓是黄灿灿的　而更多人的呼吸是黑暗的

它今天是一个完整的半圆

在树丛中有被夜晚抓破的爪痕

有偿还债务的诚信和成色　这夜晚呈现的金锭

它照见了湖水永动机式的纺绸的皱褶

照见了丘陵间坚硬的红土路　和摩托车经过的错乱的

车辙

它还照见草间鸣虫的鼓荡　一根草在无声中划出一条
　波纹

满山的竹笋和竹子摆出秦俑的姿势

风中吹落的竹叶不断发出满山的箭矢和暗器还有声响

它还照见山边的一小块土地的神位

几枝不熄的细香顶上　飘出不绝如缕的灰白的信仰

它还照见山间的畈田和秧苗

下面的水　有的像一块块耀眼的玻璃相互撞来撞去

但并不产生声响

2008 年

春天绝句

什么是一夜春风啊

最直接的　可能也是最隐晦的

我站在开得漫山遍野的油菜花里

领受这穿着统一制服的春天的行刑队

2010 年

草庵钟

我知道这世间有一种钟
叫草庵钟　它来源于弘一法师
这种钟　只有一个特点
就是比平常的钟　总要慢半个小时
1935 年 11 月左右　弘一在草庵
卧病一月　身边陪伴的
就是世间第一款这样的钟
此后　弘一每到一处
都要把钟调慢半个小时
他喜欢这样做
这样的钟　他统称为草庵钟
他说只要看到这种钟
就想起在草庵生大病的情形了
并使他发大惭愧　惭愧德薄业重

作为后生　我也极喜欢这种钟
我喜欢它的不准和不精确
喜欢普遍的时间中突然有了个人性
更喜欢时间在一般的面相之外
还有不同的面相
而我最喜欢的还是这个名字

草　庵和钟　这三种世间异常不同的事物
怎么竟成了同一个事物

2014 年

一棵大白菜的恩情

困难时期的一棵大白菜
显露出内敛的温情
并对我们困难时期的生活
保持一种兜底的呵护
它还那么多汁　清甜　越吃越嫩
茎如白玉　叶如碧玉
它的形体构成　是那么合理　经济　高效
它的外观　完全契合美的原理
一棵大白菜　虽说最终也会吃完
但它坚持到了最后
是走失的亲人中最后告别的那一个
是走散的友人中最后告别的那一个

2020 年

剑男的诗

剑男，原名卢雄飞，湖北通城人，20世纪80年代中期开始文学创作，在《人民文学》《诗刊》《十月》《青年文学》等发表有诗歌、小说、散文及评论，曾获丁玲文学奖、《芳草》汉语文学奖女评委奖、汉语诗歌双年十佳、《长江文艺》文学双年奖、湖北文学奖。有诗歌译介到国外、入选各种选集及中学语文实验教材，著有诗集《散页与断章》《星空和青瓦》《剑男诗选》等。现为华中师范大学文学院教师，华中师大诗歌研究中心副主任。

运草车

柔和、忧郁的黄昏，一辆运草车
辙印从灵魂开始，心口上的一道伤痕
我看见薄暮的运草车

金子的运草车，它驰离的地方
我的故乡围绕着粮食哭泣

金子的运草车

我乘着它看见了秋风中的姐妹、正在消失的
故乡以及残阳中悲戚的亲人

草梢上的一滴血泪，忧郁的运草车
一条路把亲人们送到了远方
我看见故乡面朝内心低声哭泣

这金子的运草车，我看见风把它
刮向了天空中的仓廪

孤独的湖水

我爱孤独的湖水，在高高的山上
活在自己的平静中
我爱神秘的力量把它放置在山巅
像神的一面镜子
只映照高处的事物
我爱它不自损溢，安静而丰盈
我爱它安静中
偶尔也映照人间的幻象
清亮、无源，长着普通的水草
养育着凡俗的鱼虫
也让我在其中看见沾满尘土的自己

一个人的冥思不伴随着风声是不可想象的

"一个人的冥思不伴随着风声是不可想象的
一个人冥思，时光在变厚
生命在延长，而风，要更加尖锐——"

在黑下来的傍晚，在河边，一个矮个子中年人
这样说，我看见（或许只是感觉到）风

正在掠过炊烟散尽的屋顶、一只斑驳的船
以及它附近的一座牛奶加工厂

"类似于劳动的艰辛，一个人的缺陷是
他饥饿的胃和咯血的肺。"而大地捧出了它的
牛羊、稻谷和深夜仍在轰鸣的厂房，正在
蔓延的黑暗（但不是风）在河上游的一盏灯中
得到更深的滋生

我看到万物的旋律都源自劳动的沉默，只不过
在风中留下了灰土、尘烟及气味——

一辆破旧的马车在行进中碾断了自己的腿
一只鸣叫的寒蝉，不知旦夕但刚好撞上黑夜的
大门，我看到它们都没有走得更远，持续到
深夜的劳动却为它们擦亮了满天的星辰

一位苍老的母亲在月光下挑选
谷粒，牛奶加工厂的轰鸣搅浑了黑暗中的思想
而风中充溢着的是牛奶的清香

而我坐在灰蒙的河岸，一条河和它两边稀散的
村落都亮起了灯火，我看见一个人的冥思
和大地的沉默紧紧在一起，离风很远，离心很近

破碎的窗玻璃

一场风暴过去后，玻璃从窗前破碎，消失
——"无形的力量打开了窗子"
一个孤独的思想者从中伸出头颅，偶尔的
俯身看见了敞开的美——

那些纯粹的行为是烈性的，玻璃的破碎
取缔了心与物的阻隔，风暴过后
事物仍保持着深度的平衡：简陋的房舍
在倾斜中走出一个面露惊遽的少女
沿街叫卖的菜农仍为挑剔的胃走在大街上

风暴过后的天空开始涌出细碎的阳光
人是急促的，但洗净了倦容，风吹弯
高压电线的腰，但不再尖锐地呼啸，那飞得
更高的蜻蜓，玻璃反光映着它薄薄的
两片翅膀，下面要奔跑着一群欢快的孩子

一个赤膊少年在一堆垃圾中捡拾苦难的生活
他身上只有瘦弱的骨和黝黑的皮肤，他
在捡易拉罐时被玻璃割破手指，但他仍要笑
仍要在沾满灰尘的脸上露出洁白的牙齿

他们仍要感谢命运中这些小小的恩赐，让
一个车夫在阳光下把轮子转得更快
让一个年老的母亲在庭院中生起潮湿的蜂煤
驱掉风暴留下的生活的霉味

就像生活并非在退缩，一个孤独的思想者
在风暴过后的大街上递上思想的
触须：呵，天空已经变蓝，而空气更加澄明

夏天的蜜蜂

在日落之前，一群蜜蜂在夕阳的
余晖下住到葵花中，这些
过着集体生活的单身汉，它们
用劳动来表达对生活的不离不弃

可能是第一次看见这么硕大的花朵
它们嗡嗡地叫，像找到心中隐秘的欢乐
相对于黄昏的恬静、惬意，它们
也是恬静、惬意的，一只存在于
另一只中，有着人们看不见的秩序

有一段时间，蜜蜂会不会误认为

那精致的葵盘是它们的家，镶满
花边的家？——我想蜜蜂也和人
一样，会怀念、联想，从相似的
事物中寄寓自己的梦呓

你看它们贪婪地采集，静静地
收起翅膀趴在那里，就像一颗颗
跳出葵盘的瓜子，看不见的清香
和甜蜜在空气中弥漫，连
夕阳都延迟收起它的金线

但如果天黑下来，它们
怎样返回它们的家？那座自然界里
最精美的集体公寓会不会
准时关门？——这里是原野

我想蜜蜂在山中的家肯定
还有不小的距离，不过我不替它们
考虑这个问题，我知道
对于勤劳的蜜蜂而言，它们在
黑暗中也可能正是一只萤火虫

草绳

黄昏的山路上出现一截草绳

我突然一怔

天空还有微弱的光

可以看出这是草绳

粗细均匀

趴在地上一动不动

但它的姿势动摇了我的判断

它盘在路边的草地

有一小截伸了出来

似乎一条蛇正在伺机而动

草绳不是蛇

我为什么感到心有余悸

我想我惧怕的其实是蛇这个概念

是蛇这个字

在生活中投下的阴影

是在人和蛇之间

那些悄无声息的伤害

那些永远找不到解药的疼和苦

那些被毁坏的大道

蛇蝎爬过草丛带出的歧路

无法温热的冷血

无论是草绳所束缚过的
还是被蛇咬过的
我惧怕的是在这个冷寂的时代
我们翻越那么多崇山峻岭
却仍无法避免杯弓蛇影的生活

半边猪

一个人在山路上用自行车驮着半边猪
一个人，一辆自行车，半边猪
他们像快乐的三兄弟
显示出欢乐的三位一体。终于
快要结束一年的艰辛
看起来只有猪的快乐是真实的
眯着眼，横着半边身子
不需要像人一样奔波，自行车一样被蹬踏
但在这个新年即将来临的乡下
我相信一个被劈成两半人的快乐
要超过猪的快乐，你看
这个骑自行车的中年人，一半在
新年前的集市，一半在
山中的家乡，一半在妻儿的身边
一半在父母床前，一半
在余岁，一半在新年

单薄的身子分割得不再有多余的东西
但他的口哨吹得多么欢快，像是
获得了神对他的额外奖赏

敬文东的诗

敬文东，男，1968 年生于四川省剑阁县，文学博士，有著作多种。现居北京。

蒲公英

如果说日子仅仅让我们成熟
那柳叶间就没有我们的笑声
野地上就没有狗尾巴草的欣喜
如果说我们围在一起是命中注定
那我们就只好紧紧抓住对方的手
我们就只有用同一种语言谈笑

可是兄弟，我们都是蒲公英的种子
世界很大，生活的海洋又深又冷
没有鞋的孩子照样可以走路
现在该让清风送我们走了
一对对伞兵，一群群细小的乌鸦
排天而下

1988 年 1 月

劝告

把你最末的角票交给流浪的诗人
曾经腰缠万贯的阔佬
最冷的时候他会买一些布头

盖住冻僵的诗

最饿的时候换回一些糙米

填饱与脸一样苍白的胃

妖娆的歌女，把你最美的歌声

唱给临死的人，不管他是恶棍还是善人

在告别我们的时候

应该给他一点想头

伴他走上天堂或者下落地狱

甚至来生还是人

这一辈子你只能唱一次颂歌

快乐的诗人

那些在河中淘沙的老妪老翁

鬓角的汗水应该是你瓶中的墨水

写在稿纸上的诗行

应该是细细的河沙

不要悲伤了，从泪水中站出来

并且告别往事，当午夜钟声响起

将你惊醒，那是更鼓不是枪鸣

守夜人在为我们报告和平之音

放心睡吧然后放心起来，这会儿

我对自己说：起来起来呀！

1988 年 11 月

缥缈

我无法深入这首缥缈的诗
有评者说三千里哀愁是此阕
可我的手指触不到这哀愁
滋生的土地。三千里远程上
草在哪里，伊人傍水而居
水在哪里，午间仍在锄禾
禾在哪里，农夫在哪里呢
这诗缥缈得像嫦娥的纱巾
少男少女们都热泪满面了
五千年前我哭过，五千年后
胡须似冰雪染过的白茅
有鸟在里孵雏，有蚂蚱
在预示冬快近雪快下了
这首缥缈的诗我无法深入
我只会站在田里任诗滑过
用手除草，提水灌苗
伊人立在井旁用眼睛
梳理我的胡须，梳理我的脸
如同梳理龟裂的黑地

1989 年 6 月

手指

我爱黑色的田野胜过爱我的心脏
在它父亲般的肚子中有我们的种子
它平躺在时光之上、太阳之下
举起千百根手指吸收光芒
当早晨的梦被捆在床上轻轻呻吟
我们从卖奶老妪手中接过酸奶瓶
我们知道她的手指就是田野的手指
我们就从这里出发
奶在胃里像暖洋洋的三月
我们伸出手给田野洗脸梳头
我们的手指就是田野的手指
在爱的手掌里我们昏昏受孕
爱的手指就是田野的手指
我们的孩子就是田野的孩子
他们将双手插进空气中叫喊
他们细嫩的牙齿就是田野的嫩齿
他们在地上飞快地长着
他们的疯长就是
田野手指的疯长。

1989 年 5 月

一字歌

有一个人藏在我的血管里日夜呼叫

他是什么时候进来的我不知道

有一个果子为什么老是吐血

我今天才明白其中的原因

有一个包挂在墙上挺起了腹部

将来最好给我生下一杯酒不管甜苦

有一双手偷偷在我脸上涂抹

留下的字我要过很久才能识破

有一根哨棒刚要落在我头上又移开

打在我和别人之间的空隙深入地心

有一滴血从我腿上流出

掉在地上我希望它是个冒号

有一双耳朵如果在倾听

就请紧紧贴在地上

有一双脚如果在奔跑

就永远奔驰，把风景留在身后

有一个人如果在追踪脚印

求求你不要赞美也不要吐口水

1989 年 9 月

邻居

当我收到你的信，秋雨下落了
在地球另一面我同样的位置
收到信的是位金发姑娘还是棕面小伙？
他们是在痛哭呢还是高兴得揪头发？
其实我们都是邻居，告诉我
你的屋离他的屋要近些
要不现在就打开你的门
让他进来吧，你们好生长谈
反正秋雨已经在下了
在另一间屋子里
我听得见你们的窃窃私语

1989 年 9 月

黑衣客

夜行的黑衣客出发了：他在
宏大的景色中，找到了兄弟
在需求保护者之中，看见了
他的孩子。

他把地球母体内丰腴的鼓鸣
称作朋友；向勤劳的星光问过好后
径直来到了人的居所。

夜的掌声寂寥地响起：这个黑衣客
他不知道无边的夜究竟在欢迎什么
其实种子早已破土，人的居所内
白天已经贴到了夜的肚脐上

夜行的黑衣客笑了。他认定
灯下的红衣姑娘就是这个夜晚的女儿
他要把今夜如花的掌声分一半给她。

1994 年 3 月

山楂

现在是心平气和、自愿认输的日子：
山楂行进在乡间、城市和水边
红脸膛的小母亲，并不因
生养了那么多的子孙洋洋得意

它们懂得如何保护自己。

在怀孕的日子里，谦虚地
沉默，歌声让给鸣蝉；
在时间的律令前，惊讶地呼吸。

长不大的小母亲，永远对世界保持
绝对的神秘。从不念佛，也不相信
界限那边的钟声。悄悄来，默默去
像上帝面前轻轻燃烧的一盏烛灯。

小小的山楂，行进在路上
越走越胖。四周沉静如水
站在星之下，暗之上，吸收了季节
过多的赠予。面对气宇轩昂的天空，

长不大的小母亲
平静地走到白厉厉的牙齿前
视死如归；疼痛使脸涨得更红
如同在拼死分娩。

1994 年 3 月

草，燕子

即使是最卑微的草，也在试图挣脱

地心引力，向虚无主义的夜空生长。
它确实有值得赞扬的
意志。何况它从不嫉妒展翅就能飞翔的
燕子；何况它甘于从命运中
汲取糖分、多巴胺和蛋白质。

即使是最卑微的草，也暗自羡慕
燕子将飞而未翔的
那一瞬。那是多么优雅的一瞬！
那是连叹息都配不上的一瞬！
那是一瞬后再也没有的一瞬！

即使是最卑微草，也能率先觉察到
风的秘密、风的运势和风的善恶。
即使是最卑微的草
也有资格祈祷：

唯愿燕子滑翔时得到风的赞助
唯愿燕子将节余的力气，
用于倾听万物在夜间
发出的拔节声。

2020 年 10 月 18 日

凋零

　　君子居易以俟命。

　　　　　　——《礼记·中庸》

这是深秋的上午，阳光明澈，
照进了我幽闭多时的书房。

在所有形式的心境中，我选择
宁静。我有沧桑的口吻。
它不悲伤，只浸润
飘忽的心事——

比如：我正在默念的亲人；
比如：我琢磨很久，却未得其门而入的
山楂；
比如：一件隔夜的往事，拒绝向我
敞开小小的入口，让我无法
和曾经的场景再度聚首。
这都出自它微不足道的
善意。

现在，我干脆

站起身来。深秋的光线多么
清澈。它有醇厚的回甘
它从来不是二手的。它让
万物和我获得了一年中
最好的姿势和心态：
不急，不躁，安于凋零
安于被遗忘。

2019 年 10 月 24 日

银杏之诗

poems are made by fools like me,

but only god can make a tree.

诗是我辈愚人所吟，

树只有上帝才能赋。

（菊叶斯·基尔默:《树》）

秋已深，天渐凉
每年如此，今年不得不如此。
银杏叶如期变黄。叶们脱离枝丫
在空中画着弧线，像叹息。

轻轻飘落地面时

银杏叶有难以被察觉的颤抖和
细微的痉挛，那当然是叹息的
尾音，倔强、不舍，却又甘于放弃。

从远处看，银杏的枝头
挂满了叹息；
细查五千年华夏史，银杏叶
乐天知命，倾向于消逝。

当你突然看到一棵秋天的
银杏树，你一定要说服自己
你是个有福之人。

2020 年 10 月 21 日

最小的事情

我一直做着人世间最小的事情，无须
背叛任何人以取悦于我之所做；我也未曾
被任何人出卖，因为我一直做着
人世间最小的事情。如今

我已到了极目之处尽皆回忆的
年纪，即使借我豪情和悲怆

也无法让我拒绝微风、落叶和
飘零。我少不更事时礼赞过的

山楂，和我一直做着的事情一样
渺小。但它毕竟有过红彤彤的
时刻，不似我数十年如一日的脸蛋黝黑
活像我做出来的那些最小的事情。

我来了，我看见，我不说出。

2020 年 10 月 21 日

康伟的诗

康伟，诗人，《中国艺术报》总编辑。现居北京。

秋风

秋天很美，秋风很美
秋天的怀里抱着我，也抱着你
我们的怀里抱着花圈，也抱着果实

在破旧的屋子下
马闭着眼睛，马灯也闭着眼睛
我们的眼睛却充满泪水

秋风也抱着我们的泪水
就像我们紧紧地抱着火把
就像我紧紧地抱着你

蛇

看到那条蛇时我刚刚六岁
或者比它还要年幼
它从我正在割的青草中惊醒
并且以很难觉察的速度来到路中央
至今我都记得它的慌张
记得通过它的慌张我目睹了命运：

生活开始了，生活惊动了我
当那割草的镰刀开始生锈
蛇蜕下干枯但有着神秘纹路的皮
我夺路而逃，顷刻间丧失了尊严
此刻，我已经储存了足够的毒液
但却害怕它重新出现在面前
朝我吐出长长的信子
让我不知所措

春天短暂的眩晕

这是三月的第一个白日梦——
奇迹在风中轰响，奇迹
在捕鼠器上，被紧紧地钳住
既不挣扎，也不愤怒

这是春天短暂的眩晕——
一张白纸写满模糊的字迹
心脏周围的敌人
既不开枪，也不投降

迅速跑动的光线隐藏着巨大的秘密
当一个人在春天爆炸、裂开
那无人听见的尖叫

既不平静，也不嚣张

从巨大的痉挛中发出甜蜜的气味
一个人从白日梦中醒来，打着哈欠
像冬眠的蛇爬出洞口
既不欢乐，也不悲伤

登圣泉山

圣泉就像被惊醒的森林
是虚拟的

它汩汩流淌的声音
乘虚而入

我从虚拟的根系
一路升至虚拟的山顶

被这虚拟惊醒时
我看见自己在虚拟的鸟鸣中奔跑

在虚拟的风中
一瞬间便不知去向

仿佛，只要我被这虚拟爱上
这虚拟的空山，就是我的

穿岩山

烟云供养的凌晨，我置身巨大的寂静
而成为烟云的一部分

诗溪江在峡谷中迷路
"迷不知吾所如"

它的低吟有着屈原的口音
它的低吟让烟云弥漫

如同一滴雨里的鸟鸣
让寂静更加巨大

穿岩山的每一级台阶
都是琴键，烟云的弹奏让寂静轰鸣

穿岩山，请允许我和诗溪江一起
重回一次辽阔的人间

花楸山

松树从油菜花地喷涌而出时
是安静的，油菜花
从墓地旁边的斜坡上
喷涌而出时，也很安静

采茶人指尖抚过茶尖时的沙沙声
恰好被着急赶路的风听见
它惊讶于这声音，但这惊讶
也是安静的

它着急是因为路上那个
满怀心事的人，那个
脸色铁青的人
需要它敲打

需要它把这个人
从虚无中急速运回春天
而它运送他回春天时的风驰电掣
也是安静的

梭磨河

雪山略高于
红嘴鸦的翅膀

拨动转经筒的女人
拨动了雪里的光

雪里的光
把梭磨河拨动

我在梭磨河边
迷路，看见

雪山略低于
转经筒

需要

需要回到海底静坐
与鲸鲨对饮，听他对风暴深深的感激

需要收起翅膀
疾速地从空中落下，一路收集闪电和白云

需要一叶障目
迷恋一片叶子里的森林，而忘掉森林本身

需要路过人间时
刚好看到你

过雅拉雪山

一瞬间，雅拉雪山就高过了
人间
一阵风，它就把空和欢喜
交给那个原本心事重重的人

他在观景台的人群中
拼命扑打着翅膀
那巨大的空和欢喜
将他浮到了天上

除了雅拉雪山
没有人看见他在笨拙地飞动
它让风吹得更快

以便他能在空和欢喜中飞得更久

过折多山

汽车在朝着山顶行驶的路上
连续转弯
它并不清楚车里吸氧的他
要追赶什么

在山口
他抛撒风马
犹如西出折多的风
抛撒他

他清晰地听见
小叶杜鹃根茎里的绿色汁液
正追赶着
一万座雪山酝酿的夏天

蓝
蓝的
诗

蓝蓝，1967年生于山东烟台。著有诗集《内心生活》《睡梦睡梦》《诗篇》《从这里，到这里》《一切的理由》《唱吧，悲伤》《世界的渡口》《从缪斯山谷归来》《河海谣与里拉琴》等十九部；出版中英文双语诗集《身体里的峡谷》《钉子》；俄语诗集《歌声之杯》、英语诗集《蓝蓝的诗》、西班牙语诗集《诗人的工作》，出版童诗集《诗人与小树》《我和毛毛》；出版散文诗和随笔集八部；出版童话五部，出版评论集三部。曾获第四届诗歌与人国际诗人奖、第三届袁可嘉诗歌奖、第十六届华语传媒文学奖、首届苏轼诗歌奖、第十一届全国优秀儿童文学奖等。

沙漠中的四种植物

红柳

她跟我说着河流。地下滚滚的泉水。

而沙砾和碎石埋着她的沉默。
从那里她柔弱的头颅开出粉红色湿润的花来。

沙枣树

风修剪着灰绿的叶子。阳光把最明亮的颜色给她。
　白昼的荣耀。

她不统治。也不羡慕。
她是她自己无须梦想的样子。
大地痛苦挤榨出的甜涩果实。

骆驼刺

沙漠造成真理的铅灰色
为了被她最小的勇气刺破。

退回沉默中的教养。在
旷日持久的干旱和疾风中她有着
对自身不公平命运的无言顺从。

仿佛在完美的幸福中。

梭梭柴

抓起大地。直至
把沙砾下的海提到半空中。
她倾泻，浇灌荒凉的风景以及

旅人过于容易干枯的眼睛
——带着折断绝望的力量。

诗人的工作

一整夜，铁匠铺里的火
呼呼燃烧着。

影子抡圆胳膊，把那人
一寸一寸砸进
铁砧的沉默。

山楂树

最美的是花。粉红色。
但如果没有低垂的叶簇

它隐藏在阴凉的影子深处
一道暮色里的山谷；

如果没有树枝，浅褐的皮肤
像渴望抓紧泥土；

没有风在它少年碧绿的冲动中
被月光的磁铁吸引；

没有走到树下突然停住的人
他们燃烧在一起的嘴唇！——

火车，火车

黄昏把白昼运走。窗口从首都
摇落到华北的沉沉暮色中

……从这里，到这里。

道路击穿大地的白杨林
闪电，会跟随着雷
但我们的嘴已装上安全的消声器。

火车越过田野，这页删掉粗重脚印的纸。
我们晃动。我们也不再用言词
帮助低头的羊群，砖窑的滚滚浓烟。

轮子慢慢滑进黑夜。从这里
到这里。头顶不灭的星星
一直跟随，这场墓地漫长的送行
在我们勇气的狭窄铁轨上延伸

火车。火车。离开报纸的新闻版
驶进乡村木然的冷噤：
一个倒悬在夜空中
垂死之人的看。

玫瑰

她是礼服。离开植物学或
修辞学的戏台后

也是。

洗碗布旁过于洁白的封面。

即便没有别的鲜花，她们
仍然是女王。

每一个都是。

被卑微加冕。

春夜

春夜，我就要是一堆金黄的草。
在铁路旁的场院
就要是熟睡的小虫的窠
还没离开过，我还没有爱过。

但在茫茫平原上
列车飞快地奔驰，汽笛声声
一片片遥远的嘴唇发出
紫色的低吟 它唱着往事。

唱着路过的村庄

黑黝黝树林上空的红月亮
恍然睡去的旅人随着车轮晃动
这一垄青翠的庄稼在深夜飞奔！

它向前飞逝。我就要成为
夜里写下的字。就要
被留在空荡荡的铁轨旁
触到死亡的寒冷。
还没醒来过，我还没有呼救过。

野葵花

野葵花到了秋天就要被
砍下头颅。
打她身边走过的人会突然
回来。天色已近黄昏，
她的脸，随夕阳化为
金色的烟尘，
连同整个无边无际的夏天。

穿越谁？穿越荞麦花的天边？
为忧伤所掩盖的旧事，我
替谁又死了一次？

不真实的野葵花。不真实的
歌声。
扎疼我胸膛的秋风的毒刺。

一切的理由

我的唇最终要从人的关系那早年的
　蜂巢深处被喂到一滴蜜。

不会是从花朵。
也不会是星空。

假如它们不像我的亲人
它们也不会像我。

百合

她昏了过去。

香气托起柔软的腰
慢慢把她放倒在沉醉里。

一群迷惘的蜜蜂

将它们做梦的刺
伸进花萼温柔的弯曲中。

我是别的事物

我是我的花朵的果实。
我是我的春夏后的霜雪。
我是衰老的妇人和她昔日青春
　　全部的美丽。

我是别的事物。

我是我曾读过的书
靠过的墙壁　　笔和梳子。
是母亲的乳房和婴儿的小嘴。
是一场风暴后腐烂的树叶
——黑色的泥土。

纬四路口

整整一上午，他拎着镐头
在工地的一角挥舞

赤裸的脊背燃烧起阳光
汗珠反射肌肤和树荫深处的愤怒

整整一个上午，刨土声平衡着
夏天与寒冷之间的沉闷叙述

更大的喊叫来自搅拌机，石头和一部分
冷漠的听觉在那里破碎

我的注视是一阵剧痛：
他弯曲的身体，丈量台阶的卷尺

而此前，我恍惚看到一支大军
行进在他粗壮脖颈和双臂的力量中

一瞬间我以为身边的楼群
是树林，是鸟在黑暗里……而

我的脑袋撞到想象力的边界：整整一上午，他
像渺小的沙子，被慢慢埋进越来越深的地桩。

永远里有……

永远里有几场雨。一阵阵微风；

永远里有无助的悲苦，黄昏落日时
  茫然的愣神；

有苹果花在死者的墓地纷纷飘落；
有歌声，有万家灯火的凄凉；

有两株麦穗，一朵云

将它们放进你的蔚蓝。

我知道

我知道树叶如何瑟瑟发抖。

知道小麦如何拔节。我知道
种子在泥土下挣破厚壳就像
从女人的双腿间生出。

我看到过炊烟袅袅升起，在二郎庙的山脚
树林和庄稼迅速变换着颜色。
山谷的溪水从石滩上流走
淙淙潺潺，水声比夜更辽远。

这一切把我引向对你的无知的痛苦。

我知道。

未完成的途中

……午夜。一行字呼啸着
冲出黑暗的隧道。幽蓝的信号灯
闪过。一列拖着脐带的火车
穿越桥梁，枕木下
我凹陷的前胸不断震颤。它紧抵
俯身降落的天空，碾平，伸展
——你知道，我

总是这样，摇晃着
在深夜起身，喝口水
坐下。信。电话线中嗡嗡的雪原。躺在
键盘上被自己的双手运走。翻山越岭
从水杉的尖顶上沉沉扫过，枝条
划破饥渴的脸。或者，贴着地面
冰碴挂上眉毛，你知道，有时

我走在纬四路的楝树下，提着青菜
推门，仿佛看到你的背影，孩子们快乐尖叫
冲过来抱着我的腿。雨从玻璃上滴落。
屋子晃动起来，轮子无声地滑行

拖着傍晚的炊烟。那时，市声压低了

楼下的钉鞋匠，取出含在嘴里的钉子
抡起铁锤，狠狠地楔进生活的鞋底，毫不
犹豫。这些拾荒的人
拉着破烂的架子车，藏起捡到的分币
粗大的骨节从未被摧毁。你知道，端午时节

蒿草浓烈的香气中，我们停靠的地方
布谷鸟从深夜一直叫到天亮，在远处的林子里
躲在树荫下面。你睫毛长长的眼睛
闭着。手边是放凉的水杯和灰烬的余烟。站在窗前，
我想：我爱这个世界。在那
裂开的缝隙里，我有过机会。
它缓缓驶来，拐了弯……

我总是这样。盯着荧屏，长久地
一行字跳出黑暗。黝黝的田野。矿灯飞快地向后
丘陵。水塘。夜晚从我的四肢碾过。
凄凉。单调。永不绝望
你知道，此时我低垂的额头亮起
一颗星：端着米钵。摇动铁轮的手臂
被活塞催起——火苗蹿上来。一扇窗口
飘着晾晒的婴儿尿布，慢慢升高了……

李建春的诗

李建春，1970年生于湖北大冶，1992年本科毕业于武汉大学汉语言文学系，2006年研究生毕业于湖北美术学院。著有《李建春诗选》（二卷）、《所见的差异》（艺术评论集）。

葡萄架下的梦

想象我的爱人靠在水边
葡萄的星星照着她
发红的脚趾

夏日的一个
最短的黎明
露水下她的头发拖长
湖边栖息着
一群蓝晶体的鸟

夜晚的风

愿我的诗能荣幸地
到一个劳累的人手中
他像树干一样躺下来
靠着井栏；
愿我的诗能传入那位
农民的耳朵
他刚刚从肮脏的牛圈
趔回泥屋；

一个妇人在她的床上
摊开尿片和我的诗
她的孩子睡着了
因我的诗沉闷，
现在，她可以安静地
向着炉火；

愿我的诗爽朗
如这夜晚的风
让人忘记冷热、饥渴、恩怨
不快的情绪面对大海时
会随波远去；

我知道你像我一样
住在狭窄、临时的屋子里
但是你在内心深处
总有一片开阔地
与我的诗相会。

用你开花的耳朵

从这头到那头，我在奔走中，是隐匿的
只有车厢知道

只有电波知道
只有妈妈撕下，丢入灶孔的台历知道
只有枕头上的压痕、口水的印迹知道
但它们都不说

在抵达你的途中
在开花或结果之前
我运送，用我根茎的力
一束光不是一束光，是整个太阳的爆炸
如果你正确地看。这老去的过程
不过是一封缄口的信
却无人撕，无人读
无权？谁有权？我授予
你
这出生，不停地生，作为事件
需要接收者
是你
接收
也不可把你看得实了
我花了多长时间才明白
你，并不存在
你，在我南瓜藤的那头
用你开花的耳朵
听我

第几重天

一个有顾虑的人，把欲望释放
到真理的领域，天晓得
他探究又背弃了多少种信仰，
其实只背弃一种就够了。
第一重天，第二重天……
在他身后。很难说有高下之分，
他以一往无前洗练一双眼睛。
我该说一说我——
在畏惧逐渐消失的时候，
需要从日常和隐逸中出走。
在生死难分的散步中，抬头吟啸。

航班中的石头

地铁溜滑，我不计较它穿过哪些地方，
它把我带到目的地：叮的一声。
然后乘电梯，到达机场入口。
我停下来，吸一支烟。在正规、
干净的场合之外，允许我强迫症的
自我检查和日益落伍的习惯

宣泄。一块带着苍苔的石头
在登机之前，把作为附件的泥土
包装好，因我们与黑暗相依。
我就要起飞，飞到哪里去不重要了。
我压着飞机，因我已付钱。
虽然我是乘客、雇主，
可是在天上，如果中途反悔，
会被视作恐怖分子。
这一切的美好，只在于相信。
当然，我也不是那胆小的人，
生命中的一切都在风险中，
而技术，因方便和死亡显得可贵。
这趟航班是没有终点的，
根据海德格尔"架座"理论。
我为我花岗岩的质地而迷惑，
并尽量地影响飞行的高度。
在俯视云层的时候，拒绝成为
降落伞或玲珑的灯笼。

夜行湖畔图

我每晚散步经过的汤逊湖的一角
那阴暗、无情的波动，在这时节
又散发一股寒意。夜宿的鸟莫名的嘎声，

在欲雪的细雨淅沥中，悚然结冰。
对岸桥有多少盏灯，把时光
荒废的节点虚铺在湖面，越是靠近我，
越淡。就这样失去了感伤的情绪。
我已走上这条起点与终点合一的路，
路两旁落尽的银杏的风华，
为雪景图准备好了虬曲的枝条。
依咫尺千里之趣，我比近处的苔点
大一点；但在顾恺之的《洛神赋图》，
一幅画水和爱情的画中，
我走到哪里，哪里的树就比我高，
当我走过之后，那些树
又小了，回到梳子一样的小山上。

爬朝霞的人

朝霞虽好，那爬朝霞的人
却很痛苦。他每一分钟都分解
成光，因此地上的风景
是他的内脏。用剖开的牛肉
表现站在肉案前的女孩，
她瞪大的眼睛从浮动的阴影
浮出。坚定、悲剧的生命，
在与自然的关系中无邪。

市场上的声音和屠宰者，
汇成神秘、欢乐的喧哗。
像地下车库的车灯，目测角度、
后退，每次回到黑暗中的巢
都像是闯入。朝霞像一个过程，
而不是朝霞本身。只有不到
一小时的机会爬进朝霞里。
之前，是黑暗；之后，是湛蓝。

李浔的诗

李浔，1963 年生于浙江湖州，祖籍湖北大冶，毕业于武汉大学中文系。中国作家协会会员、浙江作家协会全委会委员。出版多部诗集和一部中短篇小说集。曾获《诗刊》《星星》诗赛奖、闻一多文学奖、杜甫诗歌奖、第五届中国好诗榜奖、第六届中国长诗奖等。诗集《独步爱情》和《又见江南》分别获浙江省第二届、第四届文学奖。1991 年参加《诗刊》社"第九届青春诗会"。

在峡谷

在峡谷，深陷在仰望中
这是一种深与远的姿态
天已高远，不会有更年轻的深了。

在想象中，理想一直在寻找着落点
可以是时间、可以是色彩、可以是一个人。

如果想象已嵌入一个人的记忆
那么，裂痕是不分前后
清醒，更会让任何事都越陷越深
直至让世界成为自己狭隘的一部分。

2021.2.11（除夕）于湖州

白鹭

一只白鹭在湖边看见了自己玉立的身影
叼洗着洁白的羽毛，那么专注
仿佛这一刻是真正的目中无人。

湖边还有我，一个对美过敏的人
专注着另一个专注。

现在很静，我一直在等白鹭飞起来的样子
不会飞的人，用一生在看飞
仿佛这专注已目空一切。

2017.4.4 于湖州

看人劈木

你挥动斧子的侧面
像一株枯树
背影是一只被击中的树蛙。

一把斧子足于让人
超出平常的想象。

被劈开的木头有决裂之声
尽管有年轮
也分不清已被破坏的起点和终点。

2019.7.28 于新疆莎车

要把美团结起来到明天

说真的我没见过天鹅
听说它是美好的，有优雅的翅膀
有绝对相信蓝天白云的信念
它们，还有它们的子女
一代一代，给了我高远的想法
我，一个没有见过世面的人
如今在谈论高不可攀的美。

偶尔有风吹过，水稻叶子摇晃着
村里的炊烟也摇晃着
远远看去，这是衣食无忧的美。
我在这里仰望着天空
傻傻的表情，像路边的那棵石榴树
一年一次，咧着嘴赞美成熟。
有人说我是长不大的孩子
幼稚，任性，动不动咬着嘴唇
说出不合时宜的赞美
这是真的吗？我就要
把美团结起来到明天。

2011.10.6 于湖州

钉子

无力的钉子在地上多么像一粒粒种子
它们会发芽吗
你的疑问就是一只钉子。

榔头把钉子敲进墙面或木头的瞬间
你应该记得这沉闷的声音
这是强行进入的行动
是思想和行动结合的声音
尖锐的钉子在里面已见不到光了
没有光明的钉子挤在陌生的地方
仍然钉牢了尖锐的初衷
但谁都不知尖锐是什么模样了。

是的，你尖锐惯了
那颗坚强的心，是谁把它削尖
又是谁，把没有阶级的钉子
敲进一直木讷的身体。

2010.9.30 于湖州

擦玻璃的人

擦玻璃的人没有隐秘，透明的劳动
像阳光扶着禾苗成长
他的手移动在光滑的玻璃上
让人觉得他在向谁挥手。
透过玻璃，可以看清街面的行人
擦玻璃，不是抚摸
在他的眼里却同样在擦拭行人
整个下午，一个擦玻璃的人
没言语，没有聆听
无声的劳动，那么透明，那么寂寞。
在擦玻璃的人面前
干干净净的玻璃终于让他感到
那些行人是多么零乱
却又是那么不可触摸。

2004.7.12 于湖州

鳞

被鱼带大之后，河也习惯了

漩涡与逆水，重逢和告别
你看，每一朵浪花
有不一样的消失姿势
但结局是一样的，它们
都有鱼鳞一样的波浪。

码头上有伸长脖子期待的人
远远看他像一朵假浪花
渡船更像一条假鱼，这种直观
像有主见的鱼，从不拖泥带水。

作为一个旁观者，面对河的流浪
你却像河滩上的卵石
圆滑得没有一句有方向的话
作为一个经历者，在水的面前，
看水破裂又看水愈合
像精神分裂患者的自我康复锻炼

2021.4.7 于湖州

李元胜的诗

李元胜，诗人、博物旅行家。重庆文学院专业作家，重庆市作协副主席，中国作协诗歌委员会委员。曾获鲁迅文学奖、《诗刊》年度诗人奖、人民文学奖、十月文学奖、重庆市科技进步二等奖。

给

我坐在屋里
手却在大墙的外面
摸寻着这个秋天最后一片树叶

墙外的树
它沉默的时候很像我
它从树干里往外看的时候很像我

它几乎每分钟都在长树叶
我们在一起的时候它长树叶
我们不在一起的时候它也长树叶
但两种树叶绝不相同
这你不知道

你想我的时候它长树叶
没想我的时候它也长树叶
但两种树叶绝不相同
这就我知道

它几乎每分钟都在长树叶
然后把它想说的从树枝上掉下来

落在离我的手不远也不近的地方
就在你向这边走来的时候
那片树叶
落在离我的手不远也不近的地方

1986.11

一把刀子

一把刀子细细地刮着夜晚
让天边逐渐发亮
但直到正午
那些黑色粉末仍未运走
它们淤积在
我们关于阳光的交谈之中

1991.9.3

走得太快的人

走得太快的人
有时会走到自己前面
他的脸庞会模糊

速度给它掺进了
幻觉和未来的颜色

同样，走得太慢的人
有时会掉到自己身后
他不过是自己的阴影
有裂缝的过去
甚至，是自己一直
试图偷偷扔掉的垃圾

坐在树下的人
也不一定刚好是他自己
有时他坐在自己的左边
有时坐在自己的右边
幸好总的来说
他都坐在自己的附近

1999.10.27

身体里泄露出来的光

我缝上线的皮肤
像墙的裂缝
刺眼的光从里面泄露出来

把四周照亮

为什么是这新鲜的伤口
为什么是这阵阵袭来的疼痛
在帮助我
看到更多的东西

为什么我喋喋不休
却没说出一句话
为什么我的眼眶里
转动着的始终是一块石头

这难愈的创伤
像一根点燃的灯草
它的那一端
浸泡在被我忘却的存在中

2000.1.4

青龙湖的黄昏

是否那样的一天才算是完整的
空气是波浪形的，山在奔涌
树的碎片砸来，我们站立的阳台

仿佛大海中的礁石
衣服成了翅膀
这是奇迹：我们飞着
自己却一无所知

我们闲聊，直到雾气上升
树林相继模糊
一幅巨大的水墨画
我们只是无关紧要的闲笔
那是多好的一个黄昏啊
就像是世界上的第一个黄昏

2011.11.13

那些未能说出的

夏天，写过最炽热的段落
冬天，逗留在它沉闷的尾声
我在一个词和另一个词之间
犹豫，它们的距离有多远
我心中的深渊就有多深

秋天太短，短得就像一个人的转身
来不及寄出的信纸

沿街飞舞，那些未能说出的话
每一天都在重新组合
就像散步时，天空变幻的树枝

同样短的还有春天
就像一个耀眼的信封，里面
折叠炽热和犹豫
却没有任何具体的内容

多数时候，我是没写出的部分
不在信纸也不在信封里
我是信开始前，那激动的空白
我是诉说的喧哗下面
河床的深深沉默

2013.5.24

良宵引

你读到爱时，爱已经不在
你读到春天，我已落叶纷飞

一个人的阅读，和另一个人的书写
有时隔着一杯茶，有时，隔着生死

我喜欢删节后的自我，很多人爱着，我剪下的枝条
直到，奇迹出现了，你用阅读追上了我

你读到一粒沙的沉默
而我，置身于它里面的惊涛骇浪中

2016.4.10

黄河边

一切就这样静静流过
云朵和村庄平躺在水面上

像一个渺小的时刻，我坐下
在无边无际的光阴里

悲伤涌上来，不由自主的
有什么经过我，流向了别处

每一个活着的都是漩涡，比如马先蒿
它们甚至带着旋转形成的尾巴

蝴蝶、云雀是多么灵巧的

我是多么笨拙的，漩涡

有一个世界在我的上面旋转，它必须经过我
才能到达想去的地方

2016.9.6

飞云口偶得

没有准备地，突然看到这么多黄昏
而我们的黄昏不在其中

仍然是被流放的旅途，是各种黄昏交织的肉体
我们的拥抱，刚好形成彼此的喘息之所

也是没有准备地，两条完全不同的道路
穿过了同一个宿命

难道我们是彼此狭窄的入口？每次相逢
重新进入变得愈加陌生的人间

我们的爱，是彼此之间不断扩大的莽莽群山
是群山从笛孔中夺关而出的嘶嘶声

照过我的月亮，多了一些斑点

被你读过的诗，永远带着一处不显眼的缺口

2016.9.16

容器

只有从未离开故乡的人

才会真正失去它

16 岁时，我离开武胜

每次回来，都会震惊于

又一处景物的消失：

山冈、树林、溪流

这里应该有一座桥，下面是水库

这里应该是台阶，落满青冈叶

在陌生的街道，一步一停

我偏执地丈量着

那些已不存在的事物

仿佛自己是一张美丽的旧地图

仿佛只有在我这里

故乡才是完整的，它们不是消失

只是收纳到我的某个角落

而我，是故乡的最后一只容器

2017.6.1

给

听起来不可思议，我真的迷恋着
一枝玫瑰有刺的部分
我还依赖，你的缺点发出微光
把整个人慢慢照亮
我喜欢一根铜线里的黑暗
黑暗到足以藏好全身的火花
我爱这温柔又残酷的人间
爱那些失败者的永不认命
我爱废墟，爱有漏洞的真理
我甚至爱我们的失之交臂
因为，它包含着上述的一切
此生的永不再见，不像结局
在茫茫无边的轮回中，更像
我们故事的序曲

2017.12.22

不确定的我

每次醒来，都有着短暂的空白

身体在耐心等待着我回来
从世界上最遥远的地方
从虚空，从另一个身体里回来
有时神清气爽，从某座花园起身
有时疲惫，刚结束千里奔赴
这个我，这个不确定的我
在两个身体间辗转
像篱笆上的小鸟
从一个树桩，跃向另一个

2020.1.14

刘晖的诗

刘晖，生于湖南，本科毕业于武汉大学，研究生毕业于上海交通大学。前媒体人。著有诗集《复调》《标准照》。

飞鸟与湖水

风过之后，唯一能留住飞鸟的，
只有湖水的瞳孔。

谁此时写长长的信，
谁就是此时的我。我曾经谈过遥远的落日，
而现在，更多是喃喃自语。
我的声音很小，却像心跳一样清晰。

爱就像晨光把人唤醒，
或者在夜里，湖水让人变得无语。

纸上的大海

在纸上，我写下大海。

海平线颤动，墨渍如荒岛，
空白处，海岬的灯塔一闪一闪。

海鸥驮着一片片阳光，越海而去。
要有多强力的灵魂，

才能把沉重的肉身带动。

纸上的大海，阴天时，
它像老人陷入回忆，
日光下，又在追赶天空。

要用多少痛苦，才能把晦涩变得透明。
那么多失眠的夜晚，
偏头痛多得像错别字。

这么多年，一直为无法证明的事物辩护：
风、星辰，一扇画在墙上的门，
还有这纸上的大海。

群山入夏

我见过癫山水，也明了枯山水
如何处理内心的空旷。

此刻，山峰往天空生长，
关节咔咔直响，仿佛它们也在忍受
一种古老的疼痛。
山坡上，那缓慢移动的云影，
一字一顿。

岸倒退着，把芦苇、荬蓬、乌桕、柏树、松树的影子
送得越来越远。
瞳孔外，一连串低音。
河边，瀑布如一束束光跌落，
仿佛只有这样，
才能在深潭中恢复破碎的面孔。
是谁把面孔丢失在这里，
如果一个人只能换一张面孔，才能度过
微凉的一生？

我感到一种从未有过的平静，
甚至觉得不应该置身其中：我吃的苦，受的罪，
哪里配得上如此充盈的幸福？
即使这幸福
如此的短暂，如此的恍惚。

焊接

七分之一的天空，
已经不少。
这倾斜的，被分割的取景框，
依然会有雨落下。
云被扣留，视网膜上，多变的叠影。

雪是一种配音，
来自冬天摩擦的喉咙。
有时会有鸟叫，未被囚禁的声音。
更多的时候，是野猫，
爪子抓住大雪，东一片，西一片。
我试图抹去冷漠肉体的记忆，
仿佛是一棵树，
要把根须递到天上。
在日复一日的凝视中：
那寒冷的、蜿蜒的星星，正在
一点点地焊接黑暗。

风声

我在说服自己，仅仅是
为了听见风声，也值得活在世上。

风就是天空上的河流，
一根根颤动的琴弦。

游魂般的月光时时光顾，
我和树站在一起，饮下了一杯杯黑暗。
树和我，都靠这个灌溉自己。

风告诉我，我也能长出枝丫。
在雨中，她把微光中的地平线带给我。

飒飒的风中，证明了
夜晚的囚徒可以看见什么：虚空中，
累累的果实。

苏州河

天黑前的夏天，我再次骑车经过。
河上的桥，废弃的电影院，曾经的货栈和粮仓，
好像要对我说些什么，
即使我只是一个毫不在意的陌生人。

一幢弹痕累累的建筑，空空的眼眶。
一面待拆的外墙，只剩下骨架，所剩无几的戏份。
立交桥下，涂鸦纠缠着目光，
脱落的标语，倔强地展示着历史的地理学。

旧书店里，一张张脸忽明忽暗，
挑来挑去，老电影杂志，影印本。
一份发黄的文件散发出陈腐的味道：
历史的并发症正在发作。

闷热中，苏州河笼罩在金色的阴暗中。
暗影从水底下滑过，游船拖曳着微弱的亮光。
空气充满渴意，就像一个人的喉咙，
清淤船正在突突驶过，永无完工之时。

外白渡桥，铁颚一样咬住江水，
浪奔，浪流，此刻，那首歌是错的，
它看起来几乎凝滞不动，
而在深处，漩涡却已诞生。

野马

野马奔过，一开始我以为
是要下雨。
大地微微震颤，
道路颠簸，甚至高于远处的山峦。
一群影子，刷地跑过，
恍如一场没有任何征兆的雨。
闷热中，闪电像蛇的舌头。
雷声，隐隐传来。
尘世上的所有事物都短暂，
即使是这茫茫没有分别的戈壁滩，那么多的卵石
都被命运磨得一声不吭，可是野马不。
野马不断嘶鸣，我也呼喊，

异样的声调，"野马也，尘埃也"。
我是野马，也是尘埃。
如果要把一首琵琶曲
从琵琶上拆开，那么就是此刻。
万水千山，也是靠卑微的事物去丈量，
一步步，一寸寸。

此刻大于命运

儿子追着落日，
我去追儿子。
他像一只小鸟，很快把我甩在身后。
那时，我正开车穿过戈壁，
后视镜中，落日正在缓缓下降，正被天空一口口地舔着，
很快就会溶蚀。
我靠边停车，儿子大声叫着跑出。
他追着落日，我追着他，
身后，交叉的道路追着我。
此刻，命运不会追上来，因为他也知道，
这一刻，大于所有的命运之和。

缪克构的诗

缪克构，1974年出生于温州，20世纪80年代末开始写诗。大学毕业于华东师范大学中文系，被评为全国十大校园作家。现居上海，从事媒体工作。中国作协会员、上海作家协会诗歌委员会主任。著有诗集《盐的家族》，自选集《渔鼓》等十余种，曾获首届中国·霞浦海洋诗歌成就奖、第四届中国长诗奖、第九届上海文学奖等。

丰收的日子

站在水田中央
我就是一株水稻了
风自田间涌来带很深的韵味
泥自脚趾升上带很强的诱惑

稻穗以饱满的情绪
喂养我的精神
丰收的女神伊西达
用她深情的手
贴在我浑圆的肩膀
让她那美妙的歌声
通过我粗犷的歌喉
飘上云端
把丰收的日子打扮得红红火火

只有收割的日子
我才感到自己真实的存在
如一只春江水暖时的鸭子

我挥手划过一道雪白的弧
划过老人慈祥的皱纹

划过母亲们很白很白的乳房
划过孩子吮乳的声音
就有一群抒情的白鹭鸟
栖满我的颈后

在她陌生的城市

多年以来我已习惯在此路过
此刻　将它约定为相遇的地点
两年的相隔飞速化作短暂的分秒
在她陌生的城市

众多的站台计人忧虑
她将在哪里等候　我全然不知
好在　她已飞奔而来
她的动作与城市的秩序构成矛盾

当红灯闪亮　车辆停行
她孤独的奔跑这等醒目
加速了我的心跳

她惊乱的双眼流下泪水
在她陌生的城市　我们相遇
我感觉到　她小鹿一样的惊慌

变奏

祖父，晒了一生的盐
用来洗涤贫困、隐疾和变数
骨头里有着钙的硬质
日子里有氯和钠的涩与苦

在不屈的灵魂里
隐忍，在潮汐间起伏不安
泪水如大海的波涛般不竭
又如浪尖上的阳光翻涌
而欢笑是如此之少
如柔软的海草拂过

这是一个家族的命运
也是一个靠海的村庄的命运
往大里说，是半个省的命运

当我从太平洋上归来
在高空俯瞰故乡如手掌般伸出的地图
我的血液里弹唱的，仍是大海的变奏
我逃离又归来，逗留又逆袭
身体里的盐，仍在腌制不朽的村庄

和村庄里的家族，家族中的命运

返乡

闪电，亮一亮路
雷声从海上一路寻来
大雨的夜，洗涤一个多盐的村庄

在太阳升起来之前
大地是丰润的
这一泓了无痕迹的水
足够一个家族短暂稀释了咸

从海上到上海，二十年过去了
大雨还在驱赶波涛追逐着我
不管在宽阔的街道还是狭窄的弄堂
我再也不会在阳光下化作盐
我习惯了遗忘，适应了在生命中加入大勺的糖

返乡，让骨头里的盐
一点点咸到我的眼角
是那些梦，牵我回到故乡

陆家嘴

经济脱实向虚
陆家嘴是反对的
在寸土寸金之地
它越长越高
东方明珠、金茂大厦、环球金融中心、上海中心大厦
每一次拔节
它都没有虚度年华

与纽约来客谈完一桩国际并购
我喜欢到国金中心的五十八楼
吃下午茶
烈日下的黄浦江
安静极了
上海证券大厦显示屏上的股指
竖起耳朵
倾听外滩海关大楼的钟声
一艘巨轮的隆隆驶近
也不过是一张轻轻翕动的羽翼

有那么片刻的眩晕
让我以为已经君临天下

其实，我的头上，头上头
都还在陆家嘴的脚下

金融城的脑际有一片云
贮存着层层叠叠的密码
可以敏锐地捕捉到
密西西比河每一丝细微的风暴

鹦鹉螺

上海光源，形似一只神秘的鹦鹉螺
装置内的电子以近乎光的速度
不舍昼夜放射七条幻彩螺线

一只九千九百年前的古雏鸟
静静躺在一枚硬币大小的琥珀里
等候鹦鹉螺里一束光芒的鸣叫
唤醒沉睡的尖爪和层叠的飞羽

华夏最大的同步辐射装置
与世上最小的恐龙
直接相逢了

这是一张天使之翼

细微如万分之一发丝的脉动
在超级显微镜下鲜活如昨
它也许正是在一次激烈的捕食中
受困于一滴树脂的滑落
却在近万亿年后的邂逅中
留下最古老的传说

每当我走进鹦鹉螺
都可以听到
白垩纪时期的花朵
一声沉重的叹息

娜夜的诗

娜夜，南京大学中文系毕业。著有诗集《起风了》《个人简历》《我选择的词语》《火焰与皱纹》《吹影》《娜夜诗选 1985—2022》等。获第三届鲁迅文学奖。

生活

我珍爱过你
像小时候珍爱一颗黑糖球
舔一口
马上用糖纸包上
再舔一口
舔得越来越慢
包得越来越快
现在　只剩下我和糖纸了
我必须忍住：忧伤

起风了

起风了　我爱你　芦苇
野茫茫的一片
顺着风

在这遥远的地方　不需要
思想
只需要芦苇
顺着风

野茫茫的一片
像我们的爱　没有内容

睡前书

我舍不得睡去
我舍不得这音乐　这摇椅　这荡漾的天光
佛教的蓝
我舍不得一个理想主义者
为之倾身的：虚无
这一阵一阵的微风　并不切实的
吹拂　仿佛杭州
仿佛正午的阿姆斯特丹　这一阵一阵的
恍惚
空
事实上
或者假设的：手——

第二个扣子解成需要　过来人
都懂
不懂的　解不开

一首诗

它在那儿
它一直在那儿
在诗人没写出它之前　在人类黎明的
第一个早晨

而此刻
它选择了我的笔

它选择了忧郁　为少数人写作
以少
和慢
抵达的我

一首诗能干什么
成为谎言本身？

它放弃了谁
和谁　伟大的
或者即将伟大的　而署上了我——孤零零的
名字

母亲

黄昏。雨点变小
我和母亲在小摊小贩的叫卖声中
相遇
还能源于什么
母亲将手中最鲜嫩的青菜
放进我的菜篮

母亲

雨水中最亲密的两滴
在各自飘回自己的生活之前
在白发更白的暮色里
母亲站下来
目送我

像大路目送着她的小路

母亲——

恐惧

一个谜……

黑暗中　我终于摸到了它隐秘的
线头
却不敢用力去抽

——像麦粒变成种子　又变成麦粒　又变成种子

被一根线头折磨
我陷入了无边无际的茫然和恐惧

幸福

大雪落着　土地幸福
相爱的人走着
道路幸福

一个老人　用谷粒和网
得到了一只鸟
小鸟也幸福

光秃秃的树　光秃秃的
树叶飞成了蝴蝶
花朵变成了果实
光秃秃地
幸福

一个孩子　我看不见他
——还在母亲的身体里
母亲的笑
多幸福

——吹过雪花的风啊
你要把天下的孩子都吹得漂亮些

没有比书房更好的去处

没有比书房更好的去处

猫咪享受着午睡
我享受着阅读带来的停顿

和书房里渐渐老去的人生

有时候　我也会读一本自己的书
都留在了纸上……

一些光留在了它的阴影里
另一些在它照亮的事物里

纸和笔
陡峭的内心与黎明前的霜……回答的
勇气
——只有这些时刻才是有价值的

我最好的诗篇都来自冬天的北方
最爱的人来自想象

想兰州

想兰州
边走边想
一起写诗的朋友

想我们年轻时的酒量　热血　高原之上
那被时间之光擦亮的：庄重的欢乐
经久不息

痛苦是一只向天空解释着大地的鹰
保持一颗为美忧伤的心

入城的羊群
低矮的灯火

那颗让我写出了生活的黑糖球
想兰州

陪都　借你一段历史问候阳飚　人邻
重庆　借你一程风雨问候古马　叶舟
阿信　你在甘南还好吗？

谁在大雾中面朝故乡
谁就披着闪电越走越慢　老泪纵横

秋天

一阵猛烈的风
秋天抖动了一下
那么多石榴落下来

寂静在山冈的哑孩子　奔跑着
欢乐的衣衫鼓着风　他又看见树下的另一些……

这是我多么愿意写下去的一首诗——

秋天的大地上：那么多猛烈的风　幸福的事　奔跑的
　孩子
红石榴

潘洗尘的诗

潘洗尘，1963 年生于黑龙江，1986 年毕业于哈尔滨师范大学中文系。20 世纪 80 年代开始诗歌创作，有诗作《饮九月初九的酒》《六月我们看海去》等入选普通高中语文课本和大学语文教材，作品曾被译为英、法、俄等多种文字，先后出版诗集、随笔集 17 部。

曾主编《中国当代大学生诗选》《读诗——中国当代诗歌 100 首》《诗探索丛书》《生于六十年代——两岸诗选》《生于六十年代——中国当代诗人诗选》《读诗库》等书系。曾任《星星》期刊等刊物执行主编、主编。2009 年以来先后创办并主编《诗歌 EMS》周刊、《读诗》《译诗》《评诗》等多种诗歌刊物。曾获《绿风》奔马奖、柔刚诗歌奖、十月文学奖、上海文学奖、2016 年度十大好诗、2016 年度中国十佳诗人等多种诗歌奖项。

清明

为什么我们的先人
把如此澄澈的一个词语
给了今天
给了那些逝去的亲人

难道　真的是被我们称为
阴间的世界
更清明

而我想说的是
在这样一个特殊的日子里
是不是应该
有罪的谢罪
无罪的默哀

2020.4.4

我从未相信过钟表的指针

谁愿意人吃人

但这样的事情过去
不是没有发生过

极端的灾难能催生
人心中的善
但也会催生
人性中的恶
我多希望凡我族类
尽为前者
抑或前者更多

但现在还不是
一盘棋终局的时候
不论你执黑执白
先手还是后手
也不管是一目还是半目
即便是到了
读秒的时刻

所以现在你说什么
我都不会相信
就连我此刻写下的这些
我自己都不能
彻底相信

这就像我从未
相信过钟表的指针
我只相信
时间本身

一眼望不到边的冬天

从春天我就开始储备柴火
像老鼠一样
为冬天做着各种打算

谁知这个唇亡齿寒的冬天
来得太早
冷意也不是一股股的
它直接汹涌到你的骨头
和心肺

我只有不断地往炉膛里
加柴。加柴
以万不得已也要把自己
填进去的绝望和信心
——只为我的孩子们

能熬过这个
一眼望不到边的冬天

2019.11.13

深情可以续命

爱你所爱的事物
爱你所爱的人
深情　炙热
能毫无保留最好

这世间只有对爱
是公平的
你爱什么
这世界就给你什么
你爱多少
这世界就给你多少
甚至更多

比如我
此刻还能活在
这纷乱的人世
你可以说

这只是一次
非典型的大难不死
只有我知道
正是我此前给出的
每一滴水
如今都汇成了
江江江江
河河河河
湖湖湖湖
海海海海

深情可以续命
至少
是深情续了
我的命

2019.5.23

花园里那棵高大茂密的樱桃树

花园里那棵高大茂密的樱桃树
就要把枝头从窗口探到床头了

回家的第一个晚上睡得并不好

但看着枝叶间跳来跳去的鸟
我还是涌起阵阵欣喜

如果有一天能变成它们当中的一只
该有多好啊

我还可以继续在家中的花园飞绕
朋友们还可以时不时地来树荫下坐坐

想到此我好像真的就听到树才或占春
手指树梢说了一句　你们看
洗尘就在那儿呢

2018.11.6

有哪一个春天不是绝处逢生

酝酿了几个季节的雪
终于下了
雪　覆盖了我的母亲
以及整个
广大的北方

此刻　即便是置身另一个

看似阳光明媚的国度

远隔 50℃的温差

我也能感受到

来势汹汹的

彻骨寒意

只有懒惰的人

这时才会说

冬天已经到了

春天还会远吗

但寒冬是自己离开的吗?

谁能告诉我

有哪一个春天

没经历过生与死的搏斗

有哪一个春天

不是绝处逢生!

2018.1.26

写在母亲离去后的第七十五个深夜

清晨洒进窗口的阳光

傍晚不肯离去的云
深夜散步时头顶的星空
睡熟后床头一直亮着的灯

甚至　每次我从梦中醒来
脸上都还留着母亲
手上的余温

我知道　母亲来看我的路
有千条万条
而我再次见到母亲的路
就只剩下一条

2017.10.18

去年的窗前

逆光中的稻穗　她们
弯腰的姿态提醒我
此情此景不是往日重现
我　还一直坐在
去年的窗前

坐在去年的窗前　看过往的车辆

行驶在今年的秋天
我伸出一只手去　想摸一摸
被虚度的光阴
这时　电话响起
我的手　并没有触到时间
只是从去年伸过来
接了一个今年的电话

2010

钱叶用的诗

钱叶用，致公党中央宣传部长，致公党中央支部主委，中国致公画院秘书长，致公党中央文化委秘书长，中国作家协会会员。曾任安徽人民出版社编辑、安徽省委讲师团办公室编辑，新华社安徽分社文化中心总编辑，联合国教科文组织《信使》中文版执行主编、教授，中国致公出版社执行总编、编审。目前已出版著作有：诗集《一个孩童的旅程》《积木城的太阳》，散文集《十二只黑天鹅》，诗选集《南中国诗草》等。《积木城的太阳》曾荣获中国冰心图书奖、中国教育图书一等奖，个人曾多次荣获省部级优秀图书编辑奖。

蓝色的孤独

你不清楚你是在哪里
你不清楚你可是在走路
这种蓝色就染在你的影子上
抹在你的瞳孔和指甲上
你想把孤独用指甲弹去
但蓝色的影子跟着你
这只月亮或那只太阳
总很喜欢你的影子
让一种蓝色包围着你

你可是把一个孤独的湖泊
背在身上了
而那些鱼的鳞光
闪闪烁烁密布道路
密布你坚定的目光
你似乎看到一条河
宁静地召唤着你
像那支圆舞曲歌颂的
——蓝色的河
你——沐——浴——蓝——波

这是最宁静的时刻
你可以把所有装饰扔掉
你真正的赤裸
让灵与肉全部进入蓝色河水
洗浴去一切的腥气
你完全可以沉醉
完全可以自由滑翔——
所有的浪花都可能成为翅膀
呵！蓝色的孤独
你是一条多么静谧美丽的河流

请你与我同行

　　人们都赞美着爱情与友谊，而生活总是很幽默
地表演了这一主题，你和我呢？同行的足痕意味地球
的边沿一条新的轨道将升起——

——题记

太阳，永恒的太阳照耀
你优美的身影你盛开着野花的身影
我们一样的年轻一样充满着飞腾的热血
古海洋在大陆架下
以蔚蓝色的花朵展现着不朽与神奇的生命

那是为陆地而活着的
那是为你和我的生命而歌唱着
的生命的回旋舞在永恒的太阳照耀下
永恒太阳的回旋舞下

亲爱的，你把手交给我我把手交给你
请你与我同行……

黎明放射着令人沉醉的霞光
远行的人们走过沼地走过风暴
走过一切不堪回首的历史
我们照常行走照常遵循不俯伏的规律
快节奏高速度崭新的风景线
成为我们的标志我们天生的丽质
那是无数无数的父亲们所没有的
那是美丽又至上的母亲们所未曾想过的
那是你和我承继的祖先崇高的秉性
而重新创造的一种精神

亲爱的，我们的十指痉挛地揉在一起
我们宣告着世界上不再有孤独的足音

太阳，永恒的太阳照耀
生命之花啜饮着太阳的乳汁
你从那边走来

像一丝风一缕馨香一阵歌声
踏着波涛踏着彩霞踏着白蓝鸽的仪仗队
北方的大地和天空都丰隆地向上升起
升起你缀满白丁香的黑发
如无数颗星无数的宝石，在长城的项链下
环佩叮当……似巨大的风琴鸣响

亲爱的，这是什么歌声什么旋律呵
我们组成永恒的诗永恒的友谊

天空，美丽如童话的相册
美丽如行行紫燕织满蓝蓝的天湖
飞扬的视线引动无穷的渴望
那都是属于未来的
属于我们幻想到但不可能亲眼目击的
我们的骄傲
照样地如往昔一样还要继续下去
我们承认弱点承认过失
可我们要消灭弱点消灭过失
我们的影子
照样地如浮雕般在大地上饱满而真实

亲爱的，我们心与心像杯盏一般撞击吧
你的火花我的火花世界的晕眩的光芒……

于是黝黑色的岩层开始分解
在荒原腐朽的气息里，会有一粒古松子
爆开鲜绿的芽苞
会有一只刚刚起飞的岩鹰盘旋，为这
新的生命献一支颂曲
于是我们的心灵呵我们永生的祝福
都献上给你——给新绿的叶子给飞翔的歌声
南方层叠的丘岗在夕光下如蒙娜丽莎的面孔
一朵朵流云如同鲜艳的玫瑰绽放
是你的脸孔是你的樱唇你的飘动的裙
这是喂养我们的南方呵
这是生长兰草流淌香溪的南方呵

亲爱的，我们并行的身影像巨大的钢轨
让生命的列车沿着两根直线驰向远方的月台

多少父亲母亲在翘盼
多少兄弟姐妹在期待
森林、长河、城市的奏鸣及乡村的晚烟
地球上的旅行者们为新奇所折磨所诱惑
我们在旅行
以我们特有的方式特有的步伐
假如不能到达我们设计好的站台
地球的公民说不定要开除我们的球籍
而这是个可怕的事实

是你我以自己的方式旅行的根本原因

亲爱的，你把手交给我我把手交给你
同行的轨迹像彩虹悬挂宇宙边沿悬挂生命的屏幕上

太阳，永恒的太阳照耀
你优美的身影你盛开着野花的身影
黎明放射着令人沉醉的霞光
天空美丽如童话的相册

海浪正在逃向宇宙

有许多怀念
在那深不可测的海底山谷
有许多樯桅的枝条
在这大海高高耸起的树冠

而海浪正在逃向宇宙

一切都无法诉说
那些陨落的星群
在波涛里曾嵌成沉默的花环
只有游鱼仍然向大陆架冲打

而海浪正在逃向宇宙

这似乎是一种严肃的法则
什么也不曾预示
有一条独木舟逐日漂流
谁也说不清是在寻觅海上漂泊的灵魂

而海浪正在逃向宇宙

这些都十分真实。不信
你血管中的血液正在逃向空气
你眉睫下的目光正在逃向未知的岁月
你的声音正在逃向你自己的胸膛

而海浪正在逃向宇宙
所有的浪花都蜂拥着浪波
在破碎的肉体上盘旋着泡沫的气息
那零星的岛屿在天风中瞭望
海面让古老的炭火映得通红又通红

而海浪正在逃向宇宙
（逃向火光映照的血一般的深渊）

羊毛

那羊行在山上。那山裹在更远的风中
一个偶然的梦，我梦见：羊毛在那羊身上
它黄金的花纹，没有灯光
就能把整个一座巨大的悬崖照亮

那羊行在草原。那草原飘在更古的流沙上
一个盲人的披肩展开：在我的梦乡
披肩之火的经文断断续续，美轮美奂
犹如一簇簇孔雀瀑布般缤纷的花羽

那羊行在海水。那海水荡漾
在美狄亚的长发上
羊毛纷披白雪：一万张人类的脸庞
也无法诉说这容颜中的忧伤……
忧伤啊忧伤！那忧伤中布满
海盐的风霜、海盐和风霜

在希腊与爱琴海，历史天然的精神牧场
金羊毛天然地成就着：可能的人和可能的神
哦！那羊行在山上，那山其实不在
在我胸脊之间

那羊毛天然闪烁：黄金的花纹
那花纹其实：是
我每一滴血中
逐日展开的最后真图

夜色苍茫

夜色苍茫啊独自一人我把谁怀念
地轴倾斜，我心上的鸽群长逝
我蝶变的心肺难能痊愈
哪些人属我的至亲？哪些事物
因我的停顿而无法迈越?！

我无颜面世，由于我的停顿
巨大的创痕使心灵一夕焦黑如炭
夜色苍茫，高台上一只孤雁
犹如一口黑洞悬在宇宙的创痕里
我要为谁？将幸存者的泪全部流尽……

夜色苍茫时，我举步高台
一个黑影猛然升起在旷远的大气中
他将向哪里跋涉?？去追寻他革新的花朵
追寻那些在逐日远去的灿亮星孩
一只孤雁啼声低哑，它僵卧云空

像一块独立的化石
呈现着苍茫的光泽

桑克的诗

桑克，1967 年出生于黑龙江省 8511 农场，1980 年写诗，1985 年发表作品，1989 年毕业于北京师范大学中文系，现居哈尔滨。著有诗集《桑克的诗》《桑克诗选》《桑克诗歌》《转台游戏》《冬天的早班飞机》《朴素的低音号》《冷门》等；译诗集《老负鼠的实用猫经》《菲利普·拉金诗选》《学术涂鸦》等；随笔集《我站在奥登一边》。

诗人怎样生活

诗人怎样生活
找到自己，阳光和土地
我和街角穿蓝色羽绒制服的女孩
同时大笑，彼此注视一座正在崛起的建筑
我过会儿就要乘十七次特快列车奔向雪国
而她会走向哪里
在我心中有一片雪野一样广阔的猜测
这是我找到的奇妙的生活

1989.12.31

墓志铭

写在这里的句子
是给风听的。
你看吧，如果你把自己当作
时有时无的风。

这里是我，或者
我的灰烬。

它比风轻，也轻于
你手中的阴影。

你不了解我的生平
这上面什么都没有。
当日的泪痕
也眠于乌有。

你只有想象
或者你只看见
石头。
你想了多少，你就得到多少。

2002.1.24

海岬上的缆车

风是冷的，海岬，落入了黄昏。
再加上一个配角，这哆嗦而干净的秋天。
我，一个人，坐在缆车上，脚下是湛碧而汹涌的海水。
一只海鸥停在浮标上，向我张望。
我也望着它，我的手，紧紧抓住棒球帽。
我，一个人，抓住这时辰。
抓住我的孤单。我拥抱它，

仿佛它是风，充满力量，然而却是
那么虚无。

2003.4.6

乡野间

有一天，我在乡野间乱走。
不知向东还是向北。只是乱走，在潦草的乡野之间。
但一株草、一株树，却让我停下来。
这株草，这株树，不是什么奇迹，也没给我什么欢喜。
但我停下来，在乱走之中缓缓停了下来。

2004.8.5

稗草

你们以为团结在一起，
就能成为向风示威的鞭子，
把风撕碎而不是被风
把头拨过来拨过去。

其实外行看见的壮观
并不能减轻你们因屈辱而造成的痛苦，
如果把声音加进来，
更大的外行也会把眼泪抛出来。

你们挣扎的痕迹可能仅仅
体现在草叶弓起的瞬间，
如果不曾注意，斗争也就泯灭在
无穷无尽的伪装的寂静之中。

知根知底的泥土，
曾经倾听过你们秘密的决心，
你们不要把他们当作你们的友人，
天暮时分，他们一定会断然抽去你们的水分。

在这短暂的旅行之中，
清醒地意识到生命的结束也就行了。
重生的仿佛是你们，
其实根本不是你们。

没有安慰——
现在就可以冷冰冰地告诉你们，
那么还可以做点儿什么？
欣赏彼此的色泽如何巧妙地向天色转换。

2011.9.14

中央大街的积雪

积雪停在面包石上，
突起部分被鞋子们取走，
而缝隙则像博物馆
保存着珍贵的白色记忆。

风像铁铲，
妄想挖走一部分，
但是冰的薄砖
及时砌住了缺口。

更深的冻土，
能够记住我们已经遗忘的东西。
飘过拥挤人群的影子，
不知年代不知多少层。

荣耀过的，
屈辱过的，
肩并肩从面包和面包石上掠过，
掠过雕花小窗。

谁指望你们和解，

谁指望冬天暖和，
唱着歌儿，热咖啡和毛瑟枪
紧紧拥抱。

一厢情愿的不仅是街垒，
还有奶牛的心。
求知欲旺盛的男孩子们
正在向你提问。

2013.1.19

半日闲

相当于偷的，
并不是。是省的。
节省的省，不是行省的省。
半日多于奢侈。

须茶凑趣，
有时也有不管不顾的咖啡。
白头发并不会比白纸
更尬。白头翁飞啊。

时间在交谈里

生动而碎。哪些是修改的，
或粉饰的，陷在雾中。
春雾湿而凉。

模糊的倒影
提供了异常的陌生感。
但你不会将之认成其他人。
分身？最好这样。

从容是一定的。
秒表都用光了也还余下
大半瓶河砂。恍惚间甚至看见
新河砂进来。

哪有那么多顺心的事？
读了书还给黄金叶子，还给
一百个跳舞的女人。东方白了，
还可以接着睡。

2023.2.16

尚仲敏的诗

尚仲敏，毕业于重庆大学。20世纪80年代先后发表《对现存诗歌审美观念的毁灭性突破》《反对现代派》《为口语诗辩护》《向自己学习》《谈第二次诗歌浪潮》等重要诗论，率先提出"口语诗"写作，是"第三代诗歌运动"的主要批评家和理论家；同期写作的诗歌作品《卡尔马克思》《桥牌名将邓小平》《祖国》等被认为是"第三代诗歌"的重要代表作之一。出版诗集《始终如一》《尚仲敏诗选》《只有我一个人在场》，获得首届草堂年度诗人奖、第七届天问诗人奖、封面新闻2019年十大诗人奖、第四届昌耀诗歌奖、2022年十大华语诗人奖。四川大学中国诗歌研究院特聘研究员、四川师范大学诗歌研究中心名誉主任。

生命

雪白的灯光，洒满了一桌
安静、温暖，就像冬季的太阳照在海上
这正是作诗的大好时辰
但我提起笔，迟迟落不下去
我看见一只飞行的小虫，绕着灯泡
有几次它想在上面停住
它太小了，我不忍随手把它杀伤
就连我嘴里呼出的一口气
也会使它东倒西歪、撞上墙壁
这种情形就跟我们中的每个人一样
又微弱又自持，在命运的手掌之下
时刻提防那飞来的一击

1987 年 8 月 25 日于成都

生日

她把房门关好
让别人不得进来
她弯下腰捡拾东西的姿势

纯洁、生动

就像窗外的雨滴，又清凉又温柔

这个稀有的时刻

连同我饱含泪水的眼眶

叫我感激不尽

我们毕竟刚刚认识

彼此还没有道出身世

她显得多么小心翼翼

生怕碰坏了我心爱的物品

如果我能活过这一年

我就会知道，下一个生日

谁来帮我收拾房间

或者只我一人，在书籍、音乐、杂物之中

来回踱着步子

考虑是继续待在这里

还是远远离开，永不回来

1987 年 3 月 28 日于成都

倾听

我知道怎样收集

那些感伤的或明媚的歌曲

并从不怀疑它们的来历
不只是在暗淡的夜晚
有过热泪盈眶的时候
而又不向别人提起

还有你，我们不说话该多好
深深凝视，感激和鼓励来得如此细致
我们难以接近，你还是照料好自己吧
别忘了我就行了
我会在前面等你，就像等待
反复到来的一个个日子
把它们过到底

让我们共同倾听
那些感伤的或明媚的歌曲
无论怎样，让我们微笑、牵挂
让我们的心灵
充满那些纯洁、真实的声音

1989 年 4 月 24 日于成都

杜甫

我住在草堂附近

那里建筑高大，翠竹茂盛
刚好供我散步、乘凉
有多少人要走很远的路，来看一看，想一想
沐浴杜甫的光芒和荣耀
我却捷足先登，一切尽在眼底
或者熟视无睹

但我永远忘不了那一片树叶
某个傍晚，它随随便便落在我的脚下
它太轻，又太小
颜色鲜艳，就像一只刚刚哭过的眼睛
动了几下，才稳住不动
我越看越觉得它跟我一样
它就是我体内腐朽的部分

如果它落在当年杜甫的脚下
杜甫是弯腰把它拾起，还是一脚踢开

1987 年 9 月 1 日于成都

献给博尔赫斯

仅仅为了配得上对你的阅读
我徒然地写下又抹掉

这些琐屑的言语
当你逼人的光辉，把它们推向
高大书架的另一端
博尔赫斯，我似乎看到了你凄切的嘲笑
在你面前，写作就是羞耻

你活在过去，那些黄金岁月的每一天
至今仍在时间的大河里滔滔作响
你从未给予我们一席之地
自从轮到你叙说永恒的事物
我们的境遇才如此悲惨

没有一个人能够像你
人们颂扬你，是为了忘掉你
尽管你曾经两眼漆黑
在一面照人的镜子里
失去了事物的毫无意义的外表
不再继续寻找自己怨恨的形象

你既不需要观看，也从不卷入
喧嚣尘世掀起的千重浊浪
在你创造的文字里
依靠一根拐杖，你走完了
从瓜达卢佩湖
直到炮兵营的整个狭长地带

还有梦中的蓝色老虎

波斯人的夜莺

无休止的莱茵河的夜晚

优利赛斯船上的伙伴

最后的血染红的唱歌的玫瑰的尖刺

博尔赫斯，你使用过的形象

纵使我闭上眼睛，也感到奥秘刺骨

在你的书里

没有谁不是你笔下的人物

绝望的孤军奋战，被汹涌的岁月日夜驱赶

你让我们怎样度过每一天

它们反复到来，从不间断

想到你也有过烦躁的时辰

是对逝去年华的追忆，还是偶尔怀念

一次命定的刹那间的相遇

你上了年纪，老博尔赫斯

如果一个女人蔑视了你的爱情

你将会使你的悲哀成为音乐

成为火热而又凄切的旋律

啊，无论多美妙

都会在每一个空虚的傍晚

反复来到世人无知的耳边

在今天，在远离繁华市区的某个房屋
仅仅为了不至于有愧于你的伟大回声
我徒然写下又抹掉
这些琐屑的言语
让它们变幻无穷的魔法
支撑住这个空洞的不稳的世界
并设法使自己坚持到最后一刻

1987 年 5 月 1 日于成都

等待

什么时候我们才能够表情晴朗，目光澄澈
看见一切，并且说出一切
我们在人群中脱颖而出
由此形成的清高和荣耀，是多么脆弱
生命琐碎，这小小的疼痛、欢乐和忧郁
这永无休止的纠缠
就足以把我们全盘毁掉
我们留下的文字，要么小心翼翼、精雕细刻
显得虚假、单薄
要么落笔太急，迷恋的只是事物的外表

和自身的感伤

1987 年于成都

大地

有多少伟大的天才，被你喂养，又被你埋葬
给予他们的，你最终都要收回

我没有一刻离开过你，你的宽大
使我踏实，并且时刻保持镇静
当我跌跌撞撞，或者有人从后面推我一把
只有你能够把我稳住

你负载一切，大地，我宁愿把你当作我的母亲
如今她已满头白雪，但仍然硬朗、饱满
亲切而又渊博

你的言辞，如果不是随处可见的石头、树木和庄稼
难道会是别的？
会是脆弱的花朵、高高的桅杆上隐藏的风暴？
就像我那美丽的妻子，终日沉默的嘴唇
沾满了苦涩的滋味、昂贵的热情
警告那些志大才疏的败类

让他们从地上来，还是回到地上去

1988 年 11 月 1 日于成都

做人

如何做一个烟酒不沾之人
如何做一个谦谦君子
先生，我已恭候多时
你来的时候
西风正起

你那随从，皮肤白净，垂手而立
如何做一个饮茶之人
做一个爱运动之人
美人迟暮，大姐成群结队
鱼贯而入
如何做一个坐怀不乱之人
饮酒而又能不醉
先生读万古书
飞檐走壁，大盗天下
如何做一个玉树临风之人
做一个身轻如燕之人
先生，你接着说

我洗耳恭听

午后

午后，在眉山
苏东坡的家门口
一杯清茶
使阴冷的冬季
有了一些暖意

我早已不再随大流、凑热闹
繁华褪去、世事沉寂
东坡兄，在眉山一带
也只有我才敢
在你面前写诗

写完这首诗
我将谋划更远的行程
无论是南下苏杭
还是北上泰山
我都将开始
一个人的旅行

在人人都会写诗的古代

东坡，你的志向是做大官、救天下
而我，只是一心想着
怎样才能
把这首诗写好

2014 年 1 月 18 日于眉山

星期天，一个人坐在山顶喝茶

刚采摘的
峨眉山新茶
残留着佛门规矩
和初春暖阳
不需要打农药
害虫爬不了这么高
沏茶的水取之山泉
不能烧的太开
一张石凳
一只杯子
一个人
在空荡荡的山顶
为什么不是两个人？
那其中一人
一定是多余的

或者彼此多余

走在深夜的小径

走在深夜的小径
风不大
雨也太小，打不湿头发
我们就这样一头撞进夜色
这是幸福的夜晚
是时候来一首《草原之夜》了
你唱出来的却是
《莫斯科郊外的晚上》
那时候多美
你的忧伤让我着迷
来自那么远，又悄无声息
我们走着
风雨连同岁月一步步退后
"爱有多久？"
你总是这么清澈
我望着北方
仿佛那里才是我的家：
"等战争结束那一天"

沈苇的诗

沈苇，1965 年生，浙江湖州人，毕业于浙江师范大学中文系。曾居新疆 30 年，现居杭州。浙江传媒学院二级教授，中国作协诗歌委员会委员。著有诗文集《沈苇诗选》《新疆词典》《正午的诗神》《诗江南》《论诗》《丝路：行走的植物》等 30 多部。获鲁迅文学奖、华语文学传媒大奖年度诗人、十月文学奖、屈原诗歌奖、刘丽安诗歌奖等文学奖项。

一个地区

中亚的太阳。玫瑰。火
眺望北冰洋，那片白色的蓝
那人傍依着梦：一个深不可测的地区
鸟，一只，两只，三只，飞过午后的睡眠

1990 年

滋泥泉子

在一个叫滋泥泉子的小地方
我走在落日里
一头饮水的毛驴抬头看了看我
我与收葵花的农民交谈
抽他们的莫合烟
他们高声说着土地和老婆
这时，夕阳转过身来，打量
红辣椒、黄泥小屋和屋内全部的生活
在滋泥泉子，即使阳光再严密些
也缝不好土墙上那么多的裂口
一天又一天的日子埋进泥里

滋养盐碱滩、几株小白杨

这使滋泥泉子突然生动起来

我是南方人，名叫沈苇

在滋泥泉子，没有人知道我的名字

这很好，这使我想起

另一些没有去过的地方

在滋泥泉子，我遵守法律

抱着一种隐隐约约的疼痛

礼貌地走在落日里

1990 年

清明节

死去的亲人吃橘红糕、糖塌饼、猪头肉

最老的一位颤颤巍巍，拄着桑木拐杖

最小的一个全身沾满油菜花粉

年轻人喝着醇香的米酒

死去的亲人在忙碌，赶着死去的鸡鸭牛羊

进进出出，将一道又一道门槛踏破

他们爱着这阴天，这潮湿

将被褥和樟木箱晾晒在雨中

他们只是礼貌的客人，享用祭品、香烛

在面目全非的祖宅，略显拘谨老派

死去的亲人在努力，几乎流出了汗水
他们有火花一闪的念头：渴望从虚无中
夺回被取消的容貌、声音、个性……
无论如何，这是愉快的一天
聚集一堂，酒足饭饱，坟头也修葺一新
墓园的松柏和万年青已望眼欲穿
天黑了，他们深一脚浅一脚地返回
带着一些贬值的纸钱、几个怯生生的新亡人

1999 年

达浪坎的一头小毛驴

达浪坎的一头小毛驴
吃一口紫花苜蓿
喝一口清凉的渠水
满意地打了一个喷嚏

它，在原野上追逐蝴蝶
沿村路迈着欢快的舞步
轻轻一闪
为摘葡萄的三个妇女让路

达浪坎的一头小毛驴

有一双调皮孩子的大眼睛
在尘土中滚来滚去
制造一股股好玩的乡村硝烟

它，四仰八叉，乐不可支
在铁掌钉住自由的驴蹄之前
太阳照在它
暖洋洋的肚皮上

2007 年

林中

落叶铺了一地
几声鸟鸣挂在树梢

一匹马站在阴影里，四蹄深陷寂静
而血管里仍是火在奔跑

风的斧子变得锋利，猛地砍了过来
一棵树的战栗迅速传遍整座林子

光线悄悄移走，熄灭一地金黄
紧接着，关闭天空的蓝

大地无言，雪就要落下来。此时此刻
没有一种忧伤比得上万物的克制和忍耐

2008 年

异乡人

异乡人！行走在两种身份之间
他乡的隐形人和故乡的陌生人

远方的景物、面影，涌入眼帘
多么心爱的异乡大地和寥廓

在异族的山冈上，你建起一座小屋
一阵风暴袭来，将它拆得七零八落

回到故乡，田野已毁村庄荒芜
孩子们驱逐你像驱逐一条老狗

你已被两个地方抛弃了
却自以为拥有两个世界

像一只又脏又破的皮球

被野蛮的脚，踢来踢去

异乡人！一手掸落仆仆风尘
一手捂紧身上和心头的裂痕

2012 年

沙

数一数沙吧
就像你在恒河做过的那样
数一数大漠的浩瀚
数一数撒哈拉的魂灵
多么纯粹的沙，你是其中一粒
被自己放大，又归于细小、寂静
数一数沙吧
如果不是柽柳的提醒
空间已是时间
时间正在显现红海的地貌
西就是东，北就是南
埃及，就是印度
撒哈拉，就是塔里木
四个方向，汇聚成
此刻的一粒沙

你逃离家乡
逃离一滴水的跟随
却被一粒沙占有
数一数沙吧，直到
沙从你眼中夺眶而出
沙在你心里流泻不已……

2013 年

把一株青菜种到星辰中间

把一株青菜种到星辰中间
那里升起几缕原始的炊烟
太阳里养猛虎，月亮上种桂树
几乎是剧情里的　次安排
当一株青菜种到星辰中间
世界就可以颠倒过来看
倒挂的蝙蝠直立行走
它们的黑已被流言洗白
山峰低垂，瀑布倒悬
大江大河效仿了银河
亡者苏醒，像植物茂密生长
而地球的流浪渐行渐远

人间事，不过是菜圃里一滴露

雨中，燕子飞

燕子在雨中飞
因为旧巢需要修缮
天才建筑师备好了稻草和新泥
燕子在雨中箭一般飞
淋湿的、微颤的飞矢
迅疾冲向时间迷蒙的前方
燕子在雨中成双成对飞
贴着运河，逆着水面
这千古的流逝和苍茫
燕子领着它的孩子在雨中飞
这壮丽时刻不是一道风景
而是词、意象和征兆本身
燕子在雨中人类世界之外飞
轻易取消我的言辞
和一天的自喜和自悲
燕子在雨中旁若无人地飞
它替我的心，在飞
替我的心，抓住凝神的时刻

燕子在雨中闪电一样飞
飞船一样飞，然后消失了
驶入它明亮、广袤的太空
我用无言的、不去惊扰的赞美
与它缔结合约和同盟

2020 年

吴昕孺的诗

吴昕孺，本名吴新宇，1967年生，湖南长沙人。1985年考入湖南师范大学政教系，同时开始诗歌创作，作品入选《中国大学生诗选》《中国校园诗歌赏析》《中国青年诗人三百家》《百年百首儿童诗》以及各种年选，出版长诗《原野》、诗集《他从不模仿自己的孤独》、诗歌随笔《心的深处有个宇宙》、中篇小说《牛本纪》、长篇小说《君不见——李白写给杜甫的十二封信》等20余部。现为中国作家协会会员，湖南省作协教师作家分会常务副主席兼秘书长，湖南省"三百工程文艺人才"。

路过秋季

没有人认识我，这个季节
所有崛起的物体都如临深渊
太阳哭了，金黄的泪水
打湿大地的衣襟

桥是一个错误的句子
接受风的修改
所有干渴的陆地都扮演成岸
岸是一个虚无的概念

我正站在这样的岸边
前面没有河，没有波涛和渔舟
我像一座病重的山
闻到后面升起墓地的气息

一列疯狂的火车穿越我
我虚弱地亮着灯
照在延伸的轨道上
卧着一枚雪白的冬天

我奔过去拉起她

我说，我叫春天
这是我在远行的路上
结识的唯一的朋友

菊

格言般空阔的季节
燕不来居，东篱有菊
酒盅在菊外
另有一种风神
与秋对峙

仰首而饮
却把那南山也一口吞下
横亘于胸
菊就常开在梦的边缘
与肝胆毗邻

一面镜子从天而降

一面镜子从天而降
没有被摔破
而是淌成一条河流

河流上长出一座桥
好比，夜空中长出星星

一群人从桥上走过去
其中有我的父亲

又一群人从桥上走过去
其中有我的母亲

我的父亲母亲
走进一间屋子
走进一面镜子
走进同一束光

不久，有一群孩子
到桥上来玩耍
其中，有我

初一，我从桥上往下跳
十五，还飘在半空

屋顶上炊烟跳舞
炊烟之上，是我喉咙的歌唱

我给故乡带来了鸟
也带来了弹弓
带来了落叶
也带来了春天

我在父母的那面镜子里看见自己
就像看见一个
久未重逢的熟人

喜剧

若干年后，我们会坐在
一个舞台下面
台上有两个人在演一出喜剧
听台下的喝彩声，他们一定是
最受欢迎的演员

演得多好啊！你赞叹道
感动得流下泪来，问我为何
无动于衷。一边接过
我手里的纸巾

我说，他们扮演的就是我们
他们在演我们的故事

下一节必是你强行剪掉我
多余的头发，不小心弄破我的耳垂

情节果真如此。你破涕为笑
我继续说，我们和他们
唯一的不同在于：我们无须取悦观众
而他们，没有喝彩
就没有名声，没有名声就没有生平

因此，我们可以享受
足够的快乐、忧伤甚至绝望
而他们，只能通过制造
这些产品，哄那些麻木的人开怀
你说，回去吧

可我们回不去了
那个舞台，已经成为我们的中心

激荡

长云扫过大海，岛屿浓缩
如一粒尘埃。谁
提着灯笼
在寻找失去的风暴

好比无数动听的声音，在寻找
可以发声的咽喉

漫天破碎的波浪
编织白鸥的翅膀
它像在模仿升起的太阳
又像在模仿降落的月亮

仿佛一个巨大的咽喉里，拥挤着
急欲突破的美妙声音

但它，从不模仿
自己的孤独——正是这
高高在上的孤独
容纳了全部风暴，仍绰绰有余

仿佛盛满星光的天空
无声无息，却永远激荡

同心湖

晨光平铺湖面，仿佛在
积极准备一桌盛宴

万物都在途中，骑着时光的白马

昨天傍晚，雨水和我
一起抵达。忘记带伞的夕阳
悠然踅入群山的屋檐

波澜与涟漪，围绕同一个
圆心。究竟融化了多少磨难
才换来这匹华美的绸缎

你就像——每个人的身体里
都住着一对情侣，自己和自己
相恋，自己跟自己决裂

没有人能窥探到你的本质
即便水平如镜，也隐藏着无数裂痕
它不是开始，不是结局，一如所有圆满

在石洞口傩庙看傩舞，兼赠张战

或许，这就是我们要抵达的地方
门口的石狮，见惯了
每一个晨昏，和每一个人的来去
但当我们用凝视

敲响它体内那口洪钟，它转过头
仿佛看着从黑色糖果屋
走出来的一群陌生人。世界很大
我们从僻远的繁华而来

那些面具正是日常的真相，我们心里
隐藏的迷茫与恐惧，难道
不比它们更加怪异？这不是表演
更非远古的遗存，而是
融入我们骨头和血液里的风景——
荒寒、险恶、无法越过的天堑
难以忍受的炎凉……这些，即便统统交给鬼神
也是每个人都必然会面对的困境

傩舞：树叶在风中不停地晃动
迁徙之鸟拍着双翅
一行绝句，穿越万里长空
它们随时可能坠落，寂灭于喧哗的众声
唯有舞蹈，才能让坠落与飞翔
呈现同样的姿态。一片树叶
向你翠绿地飞来，你立时
舒展繁枝，让凋零成为一个醉人的国度

一棵苦楝树

地坪里有一棵苦楝树
站得笔笔直直

它全身浸满苦汁
连虫子都躲得远远的

它茂密的枝条上
结出圆圆的小果子

所有树中，只有它的果子
不能吃，有毒

没人理会这棵苦楝树
它自个儿唱着歌，也没人听

当坪里其他树都变成了
家具或房屋的一部分

它依然在坪里，自个儿唱着歌
站得笔笔直直

西渡的诗

西渡，1967年生于浙江省浦江县。1985年考入北京大学中文系并开始写诗，1990年代以后兼事诗歌批评。现为清华大学中文系教授，著有诗集《雪景中的柏拉图》《草之家》《连心锁》《鸟语林》《风和芦苇之歌》（中法双语）《西渡诗选》《天使之箭》，诗论集《守望与倾听》《灵魂的未来》《读诗记》，诗歌批评专著《壮烈风景——骆一禾论、骆一禾海子比较论》。

最小的马

最小的马
我把你放进我的口袋里
最小的马
是我的妻子在婚礼上
吹灭的月光
最小的马
我听见你旷野里的啼哭
像一个孩子
或者像相爱的肉体
睡在我的口袋里
最小的马
我默默数着消逝
的日子，和你暗中相爱
你像一盏灯
就睡在我的口袋里

雪景中的柏拉图

在寂然的旷野上下着，这盼望已久的安慰
在柏拉图的旅行中带来短暂的欢欣，就像

阿尔戈船从海上带回波塞冬寒冷的浪花
在他的头脑中，有更好的雪，中国的雪

在科林斯的天空下，和柏拉图骤然相遇
它从庭院的梅花带来问候，人们没有看见
因为人们不够孤单。它来自最高的信仰
这众神的使者，不会在阳光下羞怯地逃遁

更多的雪落下。这孤独的问候
没有人能够拒绝：它问候的是柏拉图的内心
背向阳光的树枝在那里已悄悄生长多年
这问候还会在明天持续。还会持续多年。

在图书馆阴暗的天井里，这古代严峻的大师
眺望着逝者的星空，预见到两千年后
美洲的一场雪、一次火灾，以及我们
微不足道的爱情，预见到理想国的大厦在革命中倾覆

但现在时光已教会他沉默，柏拉图和他的雪
在书卷里继续生存，充满了智慧和善意
这时是否该我抚摸着理想国灰暗的封皮
当我深夜从地铁车站步行回家，遇见柏拉图的雪

它劫持着我的想象，在这春天将临的日子
太阳正在向双鱼座走近，这最后的和最早的问候

逼我倾向道德，直到它骤然停住：引导着两只
饥寒交加的麻雀，在我的头颅里寻找粮食

死亡之诗

……这时候我所向往的另一半是死亡
在故乡的天空下重新回到泥土
把最后一份财富分给贫穷的儿童
瘦弱的臂膊上搭着最后一名
双目失明的民歌手，走下水中
在背阴的山坡后面彻底消失
这时候我还能看到最后的
宝石之光、在静止不动的水面上……

颐和园里湖观鸦

仿佛所有的树叶一齐飞到天上
仿佛所有黑袍的僧侣在天空
默诵晦暗的经文。我仰头观望
越过湖堤分割的一小片荒凉水面

在这座繁华的皇家园林之西
人迹罕至的一隅，仿佛

专为奉献给这个荒寂的冬日
头顶上盘旋不去的鸦群呼喊着

整整一个下午，我独踞湖岸
我拍掌，看它们从树梢飞起
把阴郁的念头撒满晴空，仿佛
一面面地狱的账单，向人世

索要偿还。它们落下来
像是被生活撕毁的梦想的契约
我知道它们还要在夜晚侵入
我的梦境，要求一篇颂扬黑暗的文字

在黑暗中
（致臧棣）

在黑暗中他看起来像一堆
庞然大物，镇纸一样
把黑暗压在身下。或者说黑暗
像坐垫一样垫在他的屁股下

他在黑暗中静坐的形象，像拿着
一根针，努力把什么东西串起来
他一抻，便有一根线被一下拉直

然后像吐丝一样从里面引出

更多的线。他像一个穿针引线的高手
在黑暗中缝缀一件无缝的天衣
然后他突然跃起，像被黑暗
从椅子上弹起来：他转身走到阳台上

从那里俯视着黑暗。他伸出手
像要从他的体内捧出什么
已经成熟的事物：一下子房内一片光明
他说："我终要给世界贡献出一样东西"

树木

> 树，巨大的树，天堂的影子
>
> ——瓦雷里

树木生长在树林里。
从大地，它们汲取水分
和养料，从天空
它们捕捉阳光和空气。

它们呼吸，并使世界
变得适合我们的需要。

它们开花，吐出大地的秘密；
结果，献出太阳的精华。

粗糙的树皮下流动着
大地的血液。而又有谁
比它们更通晓飞鸟和星辰
的语言？我要向树木致敬，

做一个定居者：让我
卖掉我的自行车，把脚掌
钉在大地上，脱光衣服，
变成一棵枝繁叶茂的大树。

港口

他回来了，带着他的百桨巨轮
那曾使希腊海岸大为惊异的
和爱情的虏获物，美丽的海伦
而她将使特洛伊的神祇惊叹
港口像星期天一样忙碌，船员们
彼此召唤着，把他们从墨涅拉俄斯
宫中运回的财宝，搬上亚洲的海岸

卡桑得拉，只有你一个人看见

那新人赤裸双脚，身披烈火
她黑色的裙子忍受海风的吹打
像盲目的蝙蝠。她走下舷梯
巨大的落日在她的肩上轰响着
沉入海水。紧接着，黑夜迅速
降临，那悲哀、恐惧、寒冷的夜

微神

从来没有一位
让我膜拜的神
但亲近我的、钟情于游戏的
神，却有好多

此刻，正有一位
钻进我的抽屉
试图从我过去的墨迹里
帮助我找到失败的证据

还有很多位躲藏在书页间
每当我收拾书柜
便打着喷嚏，从字句里
跳出来，愤怒地和我打招呼

还有一位更小的神
喜欢骑着蚊子
在房间里飞来飞去
他的忠告总是来得非常及时

另一位提醒说：
"可别忘了我，我
一直住在灯的心脏里
给你的日子带来光明。"

另外的神热爱美食
住在厨房里，专注于菜谱
关心我的健康
可他们始终没有习惯冷心肠的冰箱

而你一直是他们暗中的领袖
噢，你这小小的幸福的家神
美好得像一个人
我因你而知道　为什么

木头的中心是火
大海深处有永不停息的马达
（那五十亿颗心脏的合唱）
宇宙空心的内部一直在下雨

如此，我膜拜你这心尖的微神

消息
　　——为林木而作

在乱哄哄的车站广场
我一边忍受人们的推挤
一边四处向人打听
一个戴荆冠的人。
人们用茫然回答我的贸然。
到处堆放的行李
把我绊倒，两个穿制服的人
粗暴地用胳膊把我挡开。
候车室里充斥着嗡嗡的废话、
遗弃的旧报纸、方便食品
和难闻的汗味儿。
谣言如蚊子逢人发表高见。
一个背着孩子的女人
反复向我伸手乞讨，
紧贴她的身后，像尾巴一样
是两个比她更肮脏的孩子。
小偷在人缝里钻来钻去。
除了他们，和蚊子
所有的人都在准备离去；

虽然他们的愿望互相指责
他们的方向互相诋毁。
入夜了，广场更加拥挤。
仍然没有消息。
变幻的时刻表上没有；
霓虹闪烁的广告牌上没有；
人们空虚的眼神中也没有。
人们打开行李，把广场
当成了临时的难民营。
只有星光，仿佛救赎
从偶然的缝隙间泄漏下来
带来远方旷野的气息。
我终于拿定主意
在广场扎下根来
用一生等候。
我仰面躺下，突然看到
星空像天使的脸
燃烧，广场顿时沸腾起来。

擎云
——纪念骆一禾

把攀索系在云的悬案上。
议论远了。风声却越来越紧

你从大衣兜里翻出一枚鹰卵
摊开手，一只雏鹰穿云而去
证实你在山中停留的时间。
与我们不同的是，鸟儿生来便会
裁剪梦的锦被：那大花朵朵。
最难的是，无法对一人说出你的孤独。

贴紧天蓝的皮肤，一丝丝的凉。
太阳盛大，道路笔直向上。
只有心跳在告诉血液：你不放弃。
这时候想起心爱的人，心是重的。
小心掉头，朝下看：视野内并无所见
除非云朵一阵阵下降
赶去做高原的雨。星星的谈话：
是关于灵魂出生的时刻。说，尚未到来。

银河上漂浮着空空的筏子。
人间的事愈是挂念
愈觉得亲切。胼胝是离你最近的
现实，也是你所热爱的。
泪水使心情晶莹；你一呼吸
就吞下一颗星星，直到通体透明
在夜空中为天文学勾勒出新的人形星座
闪闪发光，高于事物。

这是你布下的棋局，但远未下完。
你以你的重，你艰难的攀升
更新了人们关于高度的观念。
你攀附的悬岩，是冷的意志
黑暗，而且容易碎裂。
那个关于下坠的梦做了无数遍。
恐惧是真实的，而愿望同样真实。
最后的选择，几乎不成为选择：

抽去梯子，解开绳扣，飞行开始。

夏天
（为怀斯而作）

你凝望一池碧水，于盛夏的正午
它透明，摇动，波光闪烁
然后，从远处，云影移入
不断加深它的颜色，越来越深

直到你看不透它，不再清明
化为深渊。它吸引你，如初次
的爱情，你站上它危险的锋刃
一件件脱掉衣服到完全赤身

你宽广的臀部，一如盛大的
夏天展开，甚至连他也不曾
细心地触及。你广阔的脊背
仿佛金色的火焰燃烧，一座

燃烧的印第安纳州！而你的金发
飞扬如火焰本身。你多么渴望投入
面前的深渊，那清凉，柔软，
永远在阴影中静候的：情人的

怀抱，驱走所有困惑焦虑无休
无止的日常的烦恼。啊，盛夏！
你为何犹豫，难道你依然留恋
这焦灼的人间？为什么，于赴身

的刹那，你不禁回头？那时
你看到什么？炽热的太阳啊
把所有赤裸的光倾倒在你的背
如一阵猛烈的鞭刑，你的眼泪

夺眶而出：那永远不曾说出的
两个字，哽在你痉挛的喉咙。
往前一步，成为不朽的女神；
往后一步，返回人间的烦恼身。

此刻，大海有光

一面巨大的镜子从海底升起
接纳了这尘世的、疲乏的灰烬
愤怒的火焰在海水中平息自己
浩渺蓝缎展开柔软的身体
此刻，大海有光，在洪波中停驻
倾倒出古老的舵轮、锚链和兵器
鱼群的脊背陡然震颤而弓起
一队军舰鸟奋力向太阳展翅
深渊里，响起遥远的蚕桑的歌声
如黄金的钟磬，在大海深处播种……

向以鲜的诗

向以鲜，诗人、随笔作家、四川大学教授。有诗集及著述多种，获诗歌和学术嘉奖多次。二十世纪八九十年代与同仁先后创立《红旗》《王朝》《象罔》等民间诗刊。

匠与诗

1. 割玻璃的人

手中的钻石刀
就那么轻轻一划
看不见的伤口
纤细又深入
如一粒金屑
突然嵌入指尖
你感到如此清晰
疼痛　是一种词汇
而血则是虚无的意义

清脆的悦耳的断裂
在空旷的黄昏撒落
却没有回声
声音的影子似乎
遁入雕花的石头
这是你最喜爱的声音
纯粹、尖锐而节制
午夜的钟或雪花
可能发出这种声音

那时你会醒来
并且精心数罗

你是极端忠诚的人
几何的尖端常常针对你
准确的边缘很蓝
你感到一阵阵柔情四起
那是对天空的回忆
设想一只鸟
如何飞进水晶或琥珀
鸟的羽毛会不会扇起隐秘的
风浪　让夜晚闪闪发亮？

当浩大无边的玻璃
变成碎片
你想起汹涌的海洋
想起所有的目光、植物
都在你手中纷纷落下

2. 柳树下的铁匠

除此之外再无景色可以玄览
四月的柳烟，七月流火
再加上两个伟大的灵魂
一堆黑煤半部诗卷

擦响广陵散的迷茫手指
攥住巨锤，恶狠狠砸下去
像惊雷砸碎晴空
沉闷的钢铁龙蛇狂舞

还有，亲爱的子期
我鼓风而歌的同门祖先
请用庄子秋水那样干净的
喉咙，那样辽阔的肺叶
鼓亮炉膛

来！一起来柳树下打铁
吃饱了没事撑着打
饿死之前拼命打
这痛苦又浮华的时代

唯有无情的锻炼才能解恨
你打铁来我打铁
往深山翻卷如柳绦散发
打了干将打莫邪
向无尽江河萃取繁星

世上还有什么更犀利的
火舌在暗中跳跃
在血液里沸腾尖叫，好兄弟

火候恰到好处，请拭锋以待

[注]《晋书》卷四九：(嵇康)性绝巧而好锻。宅中有一柳树甚茂，乃激水圈之，每夏月，居其下以锻。同书又载：初，康居贫，尝与向秀共锻于大树之下，以自赡给。

3. 八刀蝉

第一刀：来自最下面的才关键
不仅黑暗而且凶狠
比大匠攻玉还要利索

第二刀：刻入寂静的头颅
几场雪落又霜降
大地隐藏思想的秘密

第三刀：别触及梦境
那会让许多事物发疯
众生皆知发疯的卵
是无所畏惧的

第四刀：唉!
谁能抵抗春天
谁能抵抗春柳滴落的甘甜

第五刀：传神写照的翅膀

反倒可有可无
我的灵魂早已跃上碧空

第六刀：如果钝了生锈了
就迎向黄雀的细吻
磨得风快又要命

第七刀：每次吟唱都发出悲伤
音调，一叶摇落
满世界为之瑟瑟发抖

第八刀：把短暂的盔甲
金色羽衣挂在高枝
镜中小小的羚羊
脱掉凡胎也换掉了道骨
一纵身就是归途

4. 手影者

把自己想象成黑暗幸存者
想象成光明的扼杀者
其实都是一回事儿
心思叵测绵藏在掌握里

多少灿烂的青春或野心
被暗地修枝删叶，被活生生

剪除怒放的羽翼和戈戟
现在，就只剩下这些

胡狼、山羊、灰兔、狂蟒以及雄鹰的
躯壳！它们在强光中变薄
比剪纸和秋霜还要薄
再粘贴到暮色与西窗上去

秋风一吹就会立即烂掉
所有幻化的黑，刹那的黑暗轮廓
均来自于同一个源头
惟妙惟肖的影子催生婆

掌上升明月，倒映着爱恨
反转着万种风尘
恍惚之际傀儡露了真容
影子派对还真是别开生面

夜幕呼啦啦炸开一角
华灯未亮，指间峰峦如点墨
出神的影子来来又去去
那些，掌控万物的谜底何时破晓

5. 棉花匠

迄今为止，我仍然以为

这是世上最接近虚空
最接近抒情本质的劳动
并非由于雪白，亦非源于
漫无边际的絮语

在云外，用巨大的弓弦弹奏
孤单又温柔的床笫，弹落
聂家岩的归鸟、晚霞和聊斋
余音尚绕梁，异乡的
棉花匠，早已弹到了异乡

我一直渴望拥有这份工作
缭乱、动荡而赋有韵律
干净的花朵照亮寒夜
世事难料，梦想弹棉花的孩子
后来成了一位诗人

徐芳的诗

　　徐芳，女，1962 年生于上海。1982 年开始发表作品，华东师大夏雨诗社创始人之一，曾任夏雨诗社主编和指导老师。著有《徐芳诗选》等十余册个人集。诗作还被编入《中国当代新诗大词典》《中国当代女诗人诗选》《中国当代大学生诗选》《中国当代校园诗歌选萃》《学院诗选》《中国第三代诗人探索诗选》《朦胧诗二十五年》《新时期文学二十年精选》《〈诗刊〉创刊 60 周年诗选》《21 世纪中国最佳诗歌》等近百本选集和辞典中。2011 年，获首届"诗探索·中国年度诗人"奖；散文集《她说：您好！》获第五届全国冰心散文奖等。

采青

妈妈从箱子里翻出
藏了一个冬天的绿毛衣
我不穿那件
讨厌的灰衣服了
我比哪天都高兴
赤着脚丫，光着小腿
蹦蹦跳跳到田野去采青

毛茸茸的小草
唱出的歌是绿的
水淋淋的小树
跳出的舞是绿的

河水很绿，很绿
空气很绿，很绿
河水中我的倒影是绿的
空气中我的声音更绿……

我拍打小白杨猜一猜
莫非是我的毛衣
染绿了世界——

满世界只剩下绿的透明

啊，妈妈要我去采青
我采回那么多绿的黎明
所有的孩子和我一样相信
清明的每一个窗口
都有一篮团子青青

1983 年《夏雨岛》

往事

我拿着那个拖着接线板的插头
寻找一个插口
要营造那种气氛
总要煞费苦心
今晚的月亮让人失望
一切也许都合乎逻辑
当我拿起那个插头
四面巡视……

那种奇幻的情节本来就源于虚构
一切都将化为梦幻
童年的时光早已消逝

一如我们发辫上的蝴蝶结
一些模糊的往事与经历
在少数的语句和动作、表情里
仿佛漫游于广袤无际的宇宙中

就像不同插头插口中的
电，无法被接到一起
但却仍有什么在辐射在闪出火花？

稍纵即逝

我消失的那扇门，秋日最后的
多风之夜……包含着松香，寂静
透明的卵石裸露在草丛
一只鸟在叫唤

很早或很晚的时候，我心情抑郁
以沉默喂养时日，每一日
很少的食物和水
一些光和影……
来到握着的手中
夏天蝉联秋天怀着
幻觉，在飞快离去

老年将至，青春不再
一根鸟羽、一片枯叶
水中的一道
由明亮而逐渐黯淡的波纹
…………
你使我想起了什么

风从我从未涉足的世界归来
在风中一闪，躲藏在
十一月门后的生活，触及心灵
我又使你感觉到什么呢

天上……
倏忽而过的鸽子带走了时间
一片银白，像是去年……

莫扎河流域

在这个地方
火车不断地从南向北
从北向南地运行
太阳像升起时一样
谦虚而宁静地落下
在这个地方

（——遥远而空茫的莫扎河流域啊）

信号旗迟疑地挑选颜色

道岔旁落满煤屑的土板房

温暖的驻扎

并不被车轮的前进动摇

这里的人们皱着眉头看天

手心里吐一口唾沫加油

劳累的腰背垫上远山

眺望远山

这里的人肩膀像小山

扛起漂浮黑麦花的脑袋

这里的人大脚像磐石

踩出漫溢盐和水的窟窿

粗壮的身胚

被晚霞沉重的光芒禁锢

这里的人们一天同十年一样过

十年也同一天一样过

他们都以汽笛冗长的回声

默默地计算时间

吃饭、睡觉、干活。

在这个地方

风雪使车灯的光亮也模模糊糊

草原上没有辙迹没有小路

这里的人数着枕木满怀暗示出发
星星和大地之间
并没有什么变故发生
有一个猎手
就会有几头羚羊撞到枪口上
有几头羚羊
就会有一群饿狼侵袭夜的安宁
在广袤的天空和草原
每个人的生存都代表一颗星宿
这里的人能在旷野上生活
心胸当然也容得下旷野

在这个地方
雨水吝啬得只濡湿头发
一场大雨也会使人终生难忘
这里的人以古老的沟壑为基准
善良而纯朴地交往
女人们，一只馕两只馕
接受又回送
——没有人嫌弃它寒酸
男人们心里挂念家室
但热辣辣的生命
（愿收也罢，不愿收也罢）
像最后一口水那样留给朋友
人嘛，不就活个人情

驼背上静谧的桦皮摇篮

在深沉的睡眠地带载送

旷野以它巨大的轮廓

使人产生长命百岁的愿望

这里的老人互相戏谑

你这老不死的……老不死的

在这个地方

光闪闪的钢轨

强悍地浮出

呼啸而沉睡的季节

汽笛的回声终于像马群

在深广而肃穆的莫扎河峡谷奔突

驯服马群、热爱马群的人们

不由得升起景仰

掌灯时分和黎明时分

有人踏着高高的路基

走出家园，走出古老的视野

伊沙的诗

伊沙，原名吴文健，1966 年生于成都，1989 年毕业于北京师范大学中文系，毕业后，创作诗歌、随笔、小说，并从事翻译、编选工作，持续至今，成绩卓著，迄今已有 130 余部作品出版，享誉国内外。

地拉那雪

地拉那洁白一片
地拉那冬夜没有街灯
地拉那女播音员用北京话报时
地拉那青年爱打篮球
可是你知道吗
地拉那下雪了

那时你走在桥上
皮夹克捆着你宽宽的身量
那时你告诉一个女人
要去远方架线　马上出发
地拉那的女人也描眉
嚼口香糖含混不清地说话

地拉那的女人不会脱衣服
在房间里她端给你黑面包
你在看窗上的冰凌花
外面的球赛赛得很响
直到最后拉开了房门离去
屋里还充满她不温柔的呼吸

在地拉那的深雪里
你走完我看电影的那个晚上
那些七零八落的脚印呵
地拉那的街灯亮了
在最后一根电杆上你一动不动
黑熊般的人群和火把由小变大

没准儿你还活着
外国电影都没有尾巴
宿舍停电的夜晚
我给你打电话　遇上忙音
拿起当日的晚报
北京——地拉那电线断了

地拉那那场鹅毛雪还下吗还下吗

1988 北师大

舒曼这样度过冬天

新婚刚过
土豆不多了
这个冬天好冷
漫长如

步入晚年的道路

壁炉的火苗将熄

舒曼坐在钢琴前

把寒冷也弹成音符

弹自己的名字

还有克拉拉

舒曼的好妻子

那时她走在街上

钢琴家纤柔的长指

提着空空的菜篮

脚踩厚厚的积雪

那时舒曼在家里

不经意用语言表述

两架钢琴

什么都有了

她听见了

她全听见了

那首刚刚完成的

《春天交响曲》

克拉拉笑了笑

笑得很凄楚

笑得很幸福

1988 北师大

车过黄河

列车正经过黄河
我正在厕所小便
我深知这不该
我应该坐在窗前
或站在车门旁边
左手叉腰
右手做眉檐
眺望　像个伟人
至少像个诗人
想点河上的事情
或历史的陈账
那时人们都在眺望
我在厕所里
时间很长
现在这时间属于我
我等了一天一夜
只一泡尿工夫
黄河已经流远

1988 北师大

江山美人

我总得拎点儿什么

才能去看你

在讲究平衡的年代

我的左手

是一条河流　一座高楼

一块被废弃的秤砣

在我的右手

美人　我不能真的一无所有

我一直纳闷

这样残破的江山

却天生你这尤物

我靠着大夏天

袒胸露肚

盯着一棵大树

我想吃上面的槐花

就得将它连根拔掉

我对工作不厌其烦

就算你偶尔走到我的身边

也只能看见

我的侧影

美人　你要认准我真的可爱

给不给　请早作打算
就算我大器晚成
也要你徐娘半老
说正经的给你
假如我拥有江山
也就拥有江山里的你

1989 北师大

恐怖的旧剧场

旧剧场是一片芜杂的荒草
疯长在我露天的记忆里
那是在不演电影的日子
坐在它的某排某座
盛传在那一年谣言里的那一个人
住在放映室的二楼上
舞台的帷幕动了起来
背后传来一声咳嗽
像一种无法预知的结局
我回过头来看见了什么
像一种无法预知的结局
背后传来一声咳嗽
舞台的帷幕动了起来

住在放映室的二楼上
盛传在那一年谣言里的那一个人
坐在它的某排某座
那是在不演电影的日子
疯长在我露天的记忆里
旧剧场是一片芜杂的荒草

1989

回故乡之路

回故乡之路
早已遗忘
我也忘却了
故乡的方向
是这样一个早晨
一匹在夜里梦见我的黑马
走进这座城市
停在我家门前
它望着我
伏身下去⋯⋯

1989

饿死诗人

那样轻松的　你们

开始复述农业

耕作的事宜以及

春来秋去

挥汗如雨　收获麦子

你们以为麦粒就是你们

为女人迸溅的泪滴吗

麦芒就像你们贴在腮帮上的

猪鬃般柔软吗

你们拥挤在流浪之路上的那一年

北方的麦子自个儿长大了

它们挥舞着一弯弯

阳光之镰

割断麦秆　自己的脖子

割断与土地最后的联系

成全了你们

诗人们已经吃饱了

一望无际的麦田

在他们腹中香气弥漫

城市最伟大的懒汉

做了诗歌中光荣的农夫

麦子　以阳光和雨水的名义
我呼吁：饿死他们
狗日的诗人
首先饿死我
一个用墨水污染土地的帮凶
一个艺术世界的杂种

1990

结结巴巴

结结巴巴我的嘴
二二二等残废
咬不住我狂狂狂奔的思维
还有我的腿

你们四处流流流淌的口水
散着霉味
我我我的肺
多么劳累

我要突突突围
你们莫莫莫名其妙
的节奏

急待突围

我我我的
我的机枪点点点射般
的语言
充满快慰

结结巴巴我的命
我的命里没没没有鬼
你们瞧瞧瞧我
一脸无所谓

1991

鸽子

在我平视的远景里
一只白色的鸽子
穿过冲天大火
继续在飞
飞成一只黑鸟
也许只是它的影子
它的灵魂
在飞　也许灰烬

也会保持鸽子的形状

依旧高飞

2000

张世勤的诗

张世勤，中国作家协会会员，山东省文学期刊社社长、总编辑，《时代文学》主编。作品散见于《收获》《人民文学》《十月》《北京文学》《解放军文艺》《青年文学》《小说界》等知名文学期刊。作者被《新华文摘》《小说选刊》《小说月报》《中篇小说选刊》《中华文学选刊》《散文选刊》《散文海外版》《海外文摘》《诗选刊》《小品文选刊》等多次选载，或入选年度选本。著有长篇小说《爱若微火》、小说集《牛背山情话》《人体课》、散文集《落叶飞花》《龙年笔记》、诗集《情到深处》《心雨》《旧时光》、作品集《剑胆勤心》等多部。散文随笔在《人民日报》《光明日报》《文艺报》等全国近百家报刊发表，获泰山文学奖、刘勰散文奖、"五个一工程奖"等奖项。

会过日子的媳妇

纸箱子，旧报纸，破桌椅
媳妇一样都不舍得扔
日子每天都在新陈代谢
用不着的东西积满一堆
这事媳妇有解决办法
花三万块钱买了一个储藏间
大约一季度清理一次
能卖出二十多块的废品钱
我晚上睡不着觉时算了笔账
差不多需要三百九十多年
才能把本钱赚回来
媳妇见我郁郁寡欢
问有什么心事
我说我们未来的日子可能会很长
我怕扛不住

奋斗

收秋时有一株高粱忘记收了
后来忽然想起

待找到它时
见它脸儿红红的
已经把自己酝成了酒

麦收时有三穗小麦忘记收了
后来忽然想起
等找到它们时
有一穗已经脱粒
有一穗已经磨成了白面
还有一穗干脆把自己蒸成了馒头

春种时有一筐种子忘记种了
后来忽然想起
待找到时
它们自己已经学会了无土栽培
不仅长成了庄稼
而且已经结出了从未见过的果实

冬藏时有一堆白菜忘记藏了
后来忽然想起
等找到它们时
它们一棵棵借着寒冷
摇身一变
成了白菜玉
随便拿出一棵

都能换回一万亩白菜

我把自己给忘记了
后来忽然想起
等找到我自己时
发现我的两手正死死地扼住
时光的喉咙
岁月也正从我的背后
狠命地薅着我的头发

春雨记事

新雷一声
第一场雨
淋湿了天空

远处走来的两个人
脚步轻轻
记忆中的荒野小路
渐次泥泞

一个眼神儿
惊了翠柳上的黄鹂
一对白鹭

学会了脸红

春雨如吻
用天使的眼泪
根本无法擦干
她脸上的笑容

初夏之夜

不是随意就有这么好的夜晚
也不是随意心情就如此缱绻
初夏的风摇着街树
偶尔有叶子落下来

月影在一个人的肩上披一半
剩下的一半又披上另一个人的双肩
幸福阵阵袭来
夜色清爽如溪
舒缓如乐

刚下过一场新雨
残留在叶片上的雨滴
像已经融化的吻
一会儿湿她的衣裳

一会儿打我的脚面

日月星辰和大海

虽有天地，却一片荒芜
这总不是办法
与女娲虽为兄妹，却又是夫妻
这总不是办法
太阳一天一个从东边出来
又无一例外地向西边落去
这总不是办法

伏羲长时间坐在一块大石头上
他想下一盘棋
这是一盘大棋
他只能自己跟自己下
但他下得很认真
用了好几年时间才下出一子
这期间，他把记事用的绳子结成了网
他把陶埙吹出了声
他把琴瑟拨弄出了共鸣

伏羲一边哼着小曲一边下棋

有了一，一切便好办了
一可以生二
二可以生三
三可以生万物
就如同人法地地法天
天法道道法自然一样
顺理成章

伏羲穷尽一生
一共下出了六十四子
这六十四子开始在棋盘上飞
它们首尾相连
无可增
无可减
无可断
无可围
又无可不围
无所谓开头
更无所谓收尾

伏羲并未将这六十四子
全部下到一张棋盘上
这些棋子上天入地
散落在了日月星辰和大海

他是唯一一个跟自己下棋
结果把自己赢了的人

张执浩的诗

张执浩，武汉市文联专业作家，武汉文学院院长。主要作品有诗集《苦于赞美》《撞身取暖》《宽阔》《高原上的野花》等多部，曾获第七届鲁迅文学奖、第十二届华语文学传媒大奖、《诗刊》2016年度陈子昂诗歌奖等。

冬青树

我在冬青树上睡了一宿
那年我五岁
被父亲赶上了冬青树
我抱着树干唱了一会儿歌
夜鸟在竹林里振翅
我安静的时候它们也安静了下来
我们都安静的时候
只有月亮在天上奔走
只有妈妈倚着门框在哭

植物之爱

一朵百合爱上了另外一朵百合
它该怎么办
一株荷花在六月的凌晨开了
一眼就看上了身边的另外一株荷花
霞光撩开花蕊
它们各自抖落露水，等候
倒影在一起的那一刻
光阴蠕动，此消彼长

一条鲤鱼搅动的波浪断送了它们的念想
一只蜻蜓飞来，一群豆娘
曲身停靠在睡莲的美梦中
蝴蝶扇起的风推醒了凤尾兰
金钟花倒挂在竹篱上
蜜蜂过来将它们一一敲响

昨天晚上到底有没有下过雨

送我春笋的人忘了带走斗笠
我隐约记得他谈起过
昨晚的雷鸣
庭院安静，树枝对称着长
每一个分叉的地方
都给阳光预留了穿梭的间隙
一个人一个晚上
究竟做几个梦合适
我使劲地想啊想
春笋靠着斗笠
我靠回忆活在这里

被词语找到的人

平静找上门来了
并不叩门，径直走近我
对我说：你很平静
慵懒找上门来了
带着一张灰色的毛毯
挨我坐下，将毛毯一角
轻轻搭在我的膝盖上
健忘找上门来了
推开门的时候光亮中
有一串灰尘仆仆的影子
让我用浑浊的眼睛辨认它们
让我这样反复呢喃：你好啊
慈祥从我递出去的手掌开始
慢慢扩展到了我的眼神和笑容里
我融化在了这个人的体内
仿佛是在看一部默片
大厅里只有胶片的转动声
当镜头转向寂寥的旷野
悲伤找上门来了
幸存者爬过弹坑，铁丝网和水潭
回到被尸体填满的掩体中

没有人见识过他的悔恨
但我曾在凌晨时分咬着被角抽泣
为我们不可避免的命运
为这些曾经以为遥不可及的词语
一个一个找上门来
填满了我
替代了我

丘陵之爱

我对所有的丘陵都怀有莫名的爱意
田畴，山丘，松林和小河……
尤其是到了冬天
起伏的地貌仿佛一个个怀抱
在暖阳里彼此敞开
每一座房屋都被竹林树木环绕着
它们坐北朝南的架势从来不曾改变
青翠的是麦苗，枯黄的是稻茬
乳白色的炊烟越过林梢之后
并不急于飘走，这一点
不同于平原、高原和山区
我总能在丘陵中找到我要的各种生活
尤其是在我步入中年之后
我更亲近这些提腿就能翻过去的

山丘，淌过去的小河，这一个个
能为我打开的怀抱

左对齐

一首诗的右边是一大块空地
当你在左边写下第一个字
脑海里立刻浮现出一个栽秧的人
滴水的手指上带着春泥
他将在后退中前进
一首诗的右边像弯曲的田埂
你走在参差不齐的小道上
你的脚踩进了你父亲的脚印
你曾无数次设想过这首诗的结局
而每当回到左边
总有一种意犹未尽的感觉
一首诗的左边是一个久未归家的人
刚刚回家又要离开的那一刻
他一只脚已经迈出了门槛
另外一只还在屋内
那一刻曾在他内心里上演过无数次

中午吃什么

我还没有灶台高的时候
总是喜欢踮着脚尖
站在母亲身前朝锅里瞅
冒着热气的大锅
盖上了木盖的大锅
我喜欢问她中午吃什么
安静的厨房里
柴火燃烧的声音也是安静的
厨房外面，太阳正在天井上面燃烧
我帮母亲摆好碗筷之后
就在台阶上安静地坐着
等候家人一个一个进屋
他们也喜欢问中午吃什么

答枕边人，兼致新年

唯一的奇迹是身逢盛世
尚能恪守乱世之心
唯一的奖赏是
你还能出现在我的梦中

尽管是旧梦重温

长夜漫漫，肉体积攒的温暖

在不经意间传递

唯一的遗憾是，再也不能像恋人

那样盲目而混乱的生活

只能屈从于命运的蛮力

各自撕扯自己

再将这些生活的碎片拼凑成

一床百衲被

唯一的安慰是我们

并非天天活在雾霾中

太阳总会出来

像久别重逢的孩子

而我们被时光易容过的脸

变化再大，依然保留了

羞怯，和怜惜

咏春调

我母亲从来没有穿过花衣服

这是不是意味着

她从来就没有快乐过？

春天来了，但是最后一个春天

我背着她从医院回家

在屋后的小路上

她曾附在我耳边幽幽地说道：

"儿啊，我死后一定不让你梦到我

免得你害怕。我很知足，我很幸福。"

十八年来，每当冬去春来

我都会想起那天下午

我背着不幸的母亲走

在开满鲜花的路上

一边走一边哭

自行车的故事

从前有一位女孩

总爱坐在自行车的后座上

铃铛响亮

裙摆里面装满了风

从前有一辆自行车

后座上总是坐着这位女孩

其他的自行车都围绕着它转

从宽阔的操场到拥挤的马路

所有的车都迷失了方向

春天到了郊外

山坡上开满了杜鹃

所有的自行车都从城里驶出来

铃铛一路响啊，直到这位女孩
从后座上来到了前杆上
插满杜鹃花的自行车队
静静地擦过了那个春天

论雨

雨在空中是没有声音的
我们听见的
都是大地上的事物
对雨的反应
及时，精确，七嘴八舌
雨落在树叶上
树叶打了个激灵
雨落在凉棚上
凉棚发出脆响
我听见过的最奇异的雨声
是雨落在雨上的声音
同样的命运反复叠加起来
汇成了命运的必然
有时候雨行至中途
会有风加入进来
原本要落在蔷薇花上的
结果落在了桑树上

这么多的大叶子树
和小叶子树
都在雨中跳荡
有人看见了悲伤
有人看见了欢喜
但没有人能看懂天意

地球上的宅基地

我的侄子整天开着他的大卡车
把地球上的物质运来运去
通常是些石头、煤块或沙子
这里的坑刚刚填平了，那里
又会出现一座更大的坑
因此我几年才能见到他一次
时光在飞驰，他的车
越换越大了，但车厢再长
车头里面只坐了他一个人
通常他半夜回家，把车停
在院子门前，不用按喇叭
两条狗就从角落里跑出来迎接他
漆黑的夜空，漫天的繁星
他钻出驾驶室仿佛从空中
跳上大地，开始有些不适应

但随即就明白了家的意味
卡车在夜里熄火之后变得特别黑
高大的车轮散发着橡胶味
我的侄子在黑暗中掏出烟
总是他父亲先于他点燃打火机
两颗烟头凑近又疏远
我在遥远的城市之夜也能看见
这一幕：两颗烟头在夜色中
凑近了，又疏远
没有什么比它们更明亮
更能让我看清那块宅基地
在此生的尽头一闪又一闪

比手

我越来越害怕在家人面前
伸出手来，这双手过于白皙
时常插在充满歉疚的口袋中
因无能为力而无力自拔
有一天晚上
全家人都围坐在炉火旁
只有我兄弟还在户外
就着尚未结冰的水清洗藕泥
直到我出门解手才顺道

把他喊进屋

天寒地冻，却并未下雪

我们哆嗦着

在水龙头下面洗净手

回到火炉边烤火

白炽灯静静地照着

六七颗亲人的头颅

热气在我俩的指缝间缠绕

仿佛小时候我们共用过的

那块经年的毛巾布

我兄弟突然伸出手来

拉过我的手，轻轻摩挲

而后笑道："这才是手。"

每一次告别都是阳关三叠

我妻子完美地继承了

她母亲的待客之道

每一次家里来了客人

她都会耐心奉陪

末了一定会坚持

将客人送出楼道

更早的时候是在香溪河畔

半山腰上，我的丈母娘

总是站在陡峭的路口朝远去的
背影挥手，这情景
像极了当年昭君出塞的情形
云帆高挂，滴水奔流
所谓前程不过是鸡蛋
执意要去碰触石头
明天她就跨入九十大寿了
我的岳母仍然颤巍巍地
站在租来的楼道扶梯上
对着消逝在旋梯里的脚步声
大声喊道：
"慢走啊，再来啊——"
除了这绵长的人世之音
什么也不曾留下
什么也不会带走

这首诗写给白杨或水杉

赞美水杉的时候也要赞美白杨
不然他们会说你忘了故乡
赞美玉米的时候别忘了赞美黄豆
不然玉米疯长而黄豆歉收
赞美江汉平原的辽阔，无论你走到
哪里，都身处白杨或水杉树下

无论我们怎么活，都活不过
这些有名有姓的作物

张子选的诗

张子选，生于1960年代。诗人、编剧。1980年起发表文学、美术作品。1986年参加由《诗歌报》和《深圳青年报》发起的"现代主义诗群大展"。1987年参加《诗刊》社第七届"青春诗会"。曾获《诗刊》2011年度诗歌奖。出版有《藏地诗篇》《执命向西》等诗文集。现居北京。主要从事电视剧、纪录片、文化综艺编剧工作。系中央电视台《中国汉字听写大会》第三季、《中国成语大会》第二季主创编剧，腾讯视频、黑龙江卫视《见字如面》第一至第五季总编剧。

阿拉善之西

阿拉善之西
古岩画上的人们
分布在巨大的岩石上
他们紧贴着那些岩石
陡峭地生活或者歌唱
用羽毛装饰过的响箭
射杀一只秋天的灰狼
有时也一声不响
凝思更高的地方
树在他们的眼里显得抽象
他们现在一声不响
戴兽角的孩子
骑在第一匹被驯化的马上
他们将看到潮湿的月光上
漂来一些远处的山冈
看到今夜的我们几个
坐在苍白的石头上
支起猎枪烤一只黄羊

1986.3.14 于阿克塞

西北偏西

西北偏西
一个我去过的地方
没有高粱没有高粱也没有高粱
羊群啃食石头上的阳光
我和一个牧羊人互相拍了拍肩膀
又拍了拍肩膀
走了很远这才发现自己
还不曾转过头去回望
心里一阵迷惘
天空中飘满了老鹰们的翅膀
提起西北偏西
我时常满面泪光

1986.6.26 于阿克塞

无人地带

在无人地带
你面前的石头是些
棕色皮肤的小孩

它们不说话也不会像花朵

像你期待的那样突然盛开

可你还是有些期待

你有时也突然站住

坚信石头上能长出树来

长出长长的思想状态的树来

在无人地带

要么你相信石头上会长出树来

要么你悲哀

1986.9.21 于阿克塞

无鸟的夏天

无鸟的夏天

英雄乔肯最多只能回想到

第三只鸟

想到第三只鸟他就很累了

第三只鸟也已飞过去很多年了

他的胡子都有些模糊不清了

事到如今我们也就只好总想着

第三只鸟到哪儿去了

漂亮的女邻居闭门不出

无鸟的夏天

她总那么在屋里坐着

想到第三只鸟

她就离英雄乔肯很近了

胡子还在英雄脸上这她知道

很多地名很多女人的齿痕

和杂酒痕

还在英雄脸上这她也知道

可第三只鸟已经飞过去很多年了

我们把缰绳绕在手上

然后解开　然后又绕

很多　很多年了

1986 于阿克塞

老鹰不飞的日子

老鹰不飞的日子

季节就在我们头脑里缓缓推移

伸出手去，雪果然落得无悲无喜

使人想起一些倒在春天里的马匹

曾是我们的远方之一

我们爱着的人是我们这辈子

要去的最远的地方之一

一匹头马的长鬃就这么飘进了

我们的记忆，但所有的记忆

都不远于库尔雷克山以西

每十年就能指出一大堆憾事来的手指

是我们最疼爱的手指

老鹰不飞的日子里，我们的头发

和风中的帐篷又能歪向哪里

我们一直以为自己坚强

咬着牙齿挺过不少事儿

可这是老鹰不飞的日子

许多心思大雪一样

密密地遮盖了我们自己

我们攥着缰绳使劲想了想

一想就是很长时间

一想就是这一辈子

这辈子我们总是站在，呆呆地站在

老鹰不飞的日子里

1987.10.16 于阿克塞

在我走遍自己之前

整整一天阳光比脸还要灿烂

在我幸福地走遍自己之前

我多么爱自己这份人类的田园

在我看见一只鸟儿之前，我已感到
自己的五指枝叶纷繁
许多鸟儿的嘴唇逐渐纷繁
整整一天我在门前，感觉
各地的朋友都格外温暖
整整一天，这阳光比我远方的爱人
每日步行十米尔后站在路边，为我
每天都站很长时间还要灿烂。在我
幸福地走遍自己之前

1987.10.18 于阿克塞

骑马进入冬天

骑马进入冬天，进入
马蹄声冻凝在积雪之上的
一片酷寒。这酷寒与远行有关
这远行注定要历尽
所有的雪天和冬天
尔后进入我们面色陡峭的脸
尔后消失在天下事的南面
使马的口唇时常歪向一边
啜饮一个冬天粗糙的表面

骑马进入冬天。令人难忘的大雪
并非抬眼可见；通常
只有两三片雪花，也只限于
飘在记忆旁边，离遗忘稍远
寒风总能吹断人的视线
吹薄衣衫，也吹瘦了表情深处
我们攥着拳头
硬挺过来的一些人生片断

骑马进入冬天，雪中的道路
总能把一匹马一个人渐扯渐远
总美丽我们沿冬天曲折绵延
直到一个特定时间
直到我们骑在马上在一瞬间
感到一握往昔
已老遍冬天

1987.11.29 于阿克塞

在宿营地，与骑手们聊天

坐进宿营地周围的一个夜晚
我们已地偏人远
远过三块埋入秋天的青石表面

以及我们经久不衰的脸

篝火的闪光砸向黑暗
骑手们的心事被映红一片
夜寒，风寒，三匹系在石头上的马寒
一次次寒向我苍白的指尖
也几乎就要寒到我们晚餐之后的
一夕长谈

马和它们的长鬃
渐渐飘进睡眠

在西部，宿营地周围的夜晚
都十分边远
我们始终被夜色和要去的地方
深深遮掩

1987.12.4 于阿克塞

在人间

1

春好酷似小蛮腰

鲜花的腰，青草的腰
甚至于一脉粼粼逝水之腰
其实，也都疑似你的腰

你的腰通常也是大自然之腰

世间有你
不枉我来此一遭

2

时日低矮而天下羊白

藏北之南，无你何欢

及至盛夏，某个
恍若失而复得的午后
独自垂对一段佛学的彼岸
冷暖参半且喜忧相间

隐约听闻，有谁哭我

爱人，是你吗

3

这世界，至少有朵云
很专注地为你白过一回
这秋天，至少有辆车
钴蓝色地为你停过一次

甚至有个人，特别是为了你
痛彻且枉然地枯坐过一阵子

你想象不出
我心里到底有多大一块石头
为此落地了

4

一南一北两匹马
它们平分了今年冬天，甚至
它们也平分了无雪可落的今晚

你承诺过的月亮
还是没有出现

而我无眠，或者
我只是衣单天寒地

替你多爱了一夜人间

2008.7.24 于北京

我的名字叫短暂

愿那自永远来的，复归永远

风往北吹，翻过山，仍是往北
骑马向南，过了河，继续向南

造化的手指伸开，通常有长有短

我曾看到一个时间旅人，从身上拍落两场大雪
由内心携出一篮火焰，独自穿越整个冬天

也知道有人会在一百零八盏佛灯之外，额外点上
属于自己的一盏，只为照一照岁月尽头的深暗

真的，愿那自永远来的，重归永远
而我的名字叫短暂

倘若万念之中尚存一念有望成莲

请原谅，我可能也会哽咽难言

2010.8.19 于北京

抱歉帖

抱歉，这路走着走着，便渐入了秋天
抱歉，这马骑着骑着，就错过了永远

风吹如常，阳光打脸。我对
部分的遇见和所有的未遇，感到抱歉

长草北伏，雁序南迁。我也为全部的
过目不忘和偶然的泪流满面，感到抱歉

合该叩问拉卜楞寺的二十一尊度母：这世界
究竟谁和什么，最应与我邂逅于途

即便藏戏团的德吉心大腰小，美若一场福报
也没能影响到时间蹿高半截，岁月委顿成片

我想我是累了，就想勒马悄立片刻
为此，我对大夏河沿岸还在埋头
收割青稞的人们，感到抱歉

也对我上小学时，一个始终认为
我将来必会特有出息的同桌女生
怎么讲呢，就只感到抱歉

你看，过去盘桓未去，将来大部已来
并且还都驱赶着成群结队的日子
周而复始地过河上山。我很抱歉

我甚至想说：人间，我很抱歉
远方有谁正替众生受累、抱病和诵经

而我竟还端坐于马背之上，怅望了很久的
远山近水，以及闲云长天

就如我的马儿，没准它也会对自己
今天啃食过的桑科草原，以及灵魂南麓
一小块青黄相接的秋天

深感地深感地，感到抱歉

2022.2.27 于北京

年楚河上游

由此岸到彼岸
河面宽浅，水流散乱

正是年楚河谷秋收时节

小马探足蹚水，行至今生
粮食陆续过桥，赶赴人间

都说，此地景色殊胜，天际远阔
云游僧来过，部分驴友也来过

有只水鸟，全然不知农作、修行
与旅游，三者究竟有何分别

就在转瞬之间，不过振羽一飞
它便掠过一河粼粼秋寒
把自己径直度化到了对岸

此时，差七分晚六点。形上之我
正劝哄形下之我勤行勿懒，譬如过河

之后，还可往秋天以远，暴走一段

2023.1.19 于北京

赵晓梦的诗

赵晓梦，诗人，高级编辑。中国作家协会会员，中国诗歌学会理事，四川省作协主席团委员。有200余万字作品见《人民文学》《诗刊》《十月》《钟山》等上百种报刊，入选30多种选本，出版作品集9部，获得十月诗歌奖、《北京文学》诗歌奖、长征文艺奖、《诗刊》科尔沁诗歌奖、郭小川诗歌奖、中国长诗奖、四川文学奖等数十种。代表作有长诗《钓鱼城》《马蹄铁》等。

山行

抬头的时候，我知道了草的困难
叫色拉的草原前面是山后面是山
即使登上百米高的子午定标塔
周围也都是山，群山环绕的稻城
四月的草地幻想不了六月的花海
干净无云的蓝天永远在高处
始终与盘旋的公路保持相同距离
当汽车爬上一个山头
还有一个更高的山头在等着呢

从明朝走来的热乌寺还在与山独对
洁白的塔身红墙黄瓦的庙宇楼阁
在没来苏醒的山腰上据险遐想
这样的荒凉隔着山沟也能感到威严
神灵的缺席并没有使晕眩有所好转
汽车巨大的轰鸣将牛羊成群宰杀
路的世俗逻辑歪曲了山最初的善意
一条破碎的经幡撕扯着大山的原始
力量，也撕扯着每一个孤独的灵魂

还有旧年的积雪在心中五味杂陈

在青青的牧草和绚烂的灌木杂树

回来之前，通往亚丁的天堑

大概率不会给匆匆赶路的人好脸色

汽车翻过波瓦山垭口的那一刻

冰封期的情人湖流出一滴晶莹剔透的

眼泪，仿佛万丈雪山永失情人

这一次，最美的风景不在路上

而在下山路旁孩子们腼腆的脸上

2023 年 7 月 17 日

想梨

世界并不站在现实这一边

离开很久了，我仍然是距离的

反方向。高原的地形地貌

限制了梨花的所有想象

离开的那个清晨，河谷被

自己的伤口照亮，就像沙子

在脚掌下退缩，没有青春的永恒

没有牙齿重新找到一块石头

你从那些白雪的火焰面前经过

缺氧的眩晕，在平地上奔跑

即使在乏味的门槛上掀翻自己

梨花的血管也会在身上破裂
我们走在时间的裂缝上，被
夜晚的灯芯掏空了身体
即使有人一本正经地胡说八道
也还原不了梨树内心真实的模样
风吹进窗棂，金川在身边沉睡
下着雨，我醒了

2023 年 3 月 26 日

梅花

被风吹老的无力感，跌倒在冬天的
杂草中。梅树的身体藏不住事情
到了这个年纪，是曲是直，或横或斜
哪一种都千疮百孔，长路漫漫意味着
双重痛苦。上下求索
不如在一张纸上推出逆势生长的动感
剩下的余生大胆留白不序春秋

长街尽头，一窗疏影里也有伤寒论
离骚遗弃的祠堂，撼不动老树
不可一世的金石之气。梅花一声低语
东风便从水面起步，用手指的肌肉缩紧

那些散落荒野的民生。似是而非的门槛
最容易违背黎明的初衷，明月什么也不找
没人的房间没人在意肩膀撕裂的清晨

只有江水需要人停留，逝者需要人叹息
一枝梅花还没来得及和所有的梅花交谈
蜜蜂就刺穿了暗香的黑暗与眩晕
未完成的光线拒绝盘桓在衣袖边缘
口语和方言保持足够耐心，克服远山
靠近桥洞的云烟。大地就像枝头的火苗
又潮又湿

2022 年 7 月 14 日

铁树

夜雨不会照顾那些跑步的人
也不会照顾群山未知的疾病
有这样一棵树
铁定活在光的背影。在看似
很近的路旁，迎接刻骨铭心的
苍茫

成长与死亡的琴弦

从不会在交叉的小径流淌
偶然闯入街道的桂花
不过是季节散发的忧伤气息
通过改变影子来改变青春
在你准备醒来的床单下呼吸

不必理会波涛把生命放在沙滩上
汹涌的墙壁埋藏着童年的呻吟
折叠的问题堆满铁树的嘴唇
嫁给路灯和嫁给星辰，都不如
把梦境的胸膛悬挂出来。保守估计
风只忠诚于没有面孔的手势

是的，一棵树可以复制另一棵树
也可以重复一模一样的黎明与黄昏
但是飞鸟不会替屋顶抵抗
落叶的喘息，就像我们在谈论
一杯咖啡珍爱的自由、一滴水
折射的爱抚和沉重的光芒

2021 年 10 月 18 日

草原上

是群山，是经幡，是羊群和
牛群高低起伏的天涯
帐篷每天都在丈量草的疆域
马匹和骆驼习惯在歌声里走远
赶蜂人沿途丢下蜂箱，让每一只
蜜蜂都能找到回家的路

风吹草低，河里全是云彩的倒影
火车什么也不找，专走菜花和
雪山之间的寻常路
在树林边缘，部落像一堆火出现
锯齿形的波浪不舍昼夜朝你跑来
属于金银滩的夏天又回到大地眼眸

小鸟细数的黎明与黄昏，洁白炊烟
不断从头再来。山梁后面还是山梁
草的结尾处还是草。风车和断桥
不相信维纳斯，忘记的时间
只有闪电和暴风雨能找回。黑夜
握紧的不是荒凉而是一切响声

野蛮生长的阴影抹掉了旷野界线
青春和疼痛都被旺盛的杂草软埋
走过的人都要回头张望，拒绝刻在
石碑上的一切死亡。在那遥远的地方
那么多的鹰从我身体里起飞
如今想起，它们仍停留在原处

2020 年 3 月 22 日

带走月光的人

她并不知道，她提着行李
出门那一刻，满屋子的月光
也跟着出门。回澜亭外
没了月光环顾的桂花散落一地
哪怕石榴火红如故
也撑不开失去导航的夜晚

雨水比失眠来得猛烈
在墙上流成溪，流成河
就是流不出水银的眼泪
院里的青草可以接住灯光
却接不住一滴酒痕

带走月光的人，在时差颠倒中
打开行李放出一箱子月光
她的小屋越明亮，我空置的房间
越黑暗，安静是斗中的烟丝
在独自燃烧

风在黎明起身，胸口的大象
仍坐着没动。当树影停止摇晃
我的眼睛挤满了石头
放不放手，这一地的桂花
都是最痛的。没有月光的夜晚
即使世界再大，我也不知
该如何缩小它

2019 年 10 月 19 日

在新九的山中过年

远远地，阳光打在新九山上
仿佛鞭子抽打在攀西高原
属于高堰沟的山水已经醒来
山腰上的村庄，溪流带不走
芭蕉叶上一尘不染的深呼吸

黝黑发亮的百年老宅，新年的
阳光始终走不出屋檐的阴影

寂静一如泛着绿宝石光亮的灌木丛
清洗着心肺，往事如同后院枝头的
杏花，缝补着空白。墙角那棵
果壳干裂的石榴树一脸谦卑
蓝色天空下，我们都没有说话
如同这个被遗忘的山中老院子
久久注视那枚生锈的铁钉

时间像路边的驴和马，还在等青草
先过去，手握竹筷的人蹲在门槛
等铜火锅的原香在炭火里弥漫开来
太阳烤熟的鱼，无须偿还灰烬的诺言
也不会背负麦地和桥洞的情义
"这里的一切都将活得比我更长久"
只有芬芳和心动，在头顶寂寞燃烧

2015 年 3 月 7 日

城里的月光

一眼能望到的距离越来越短

一眼能看清的事物越来越多

在一堆纸里，你能找到的还是纸

十根烟头也照不亮你的脸

你的脸，惨白得模糊一片

像是从未吃过一顿饱饭

你能做的，无非是走出屋外

沿着二环路，一路快走

比房子还高的桥，没有红绿灯的汽车

正一车一车拉走属于你的月光

一点一点掏空你的身体

在桥的阴影里，空气是会呼吸的痛

这样的夜晚不适合做梦

请不要站在月光的对面打望

那些暗藏的米粒会灼伤你的眼

尽收眼底的东西越少越好

一堆报纸，掩盖不了你淋漓的汗水

月光下走着的，都是你的亲人

2014 年 5 月 16 日，成都

乡村月夜素描

月如记忆

挂在山头

犬吠最后一把归锄
呢喃的雏燕惊飞山的幽静

湿漉漉的乡村裸露
对夜献一份温情

远山站成栅栏
圈不住梦的生长

1989 年 6 月，重庆合川